葛亮 著

中国出版集团

东方出版中心

图书在版编目（CIP）数据

问米 / 葛亮著. －上海：东方出版中心, 2022.5
ISBN 978-7-5473-1985-7

Ⅰ.①问… Ⅱ.①葛… Ⅲ.①中篇小说－小说集－中国－当代 ②短篇小说－小说集－中国－当代 Ⅳ.①I247.7

中国版本图书馆CIP数据核字（2022）第063253号

问米

著　者	葛　亮	
责任编辑	李　旭	
封面设计	赵　瑾	

出版发行　东方出版中心
地　　址　上海市仙霞路345号
邮政编码　200336
电　　话　021-62417400
印 刷 者　上海万卷印刷股份有限公司

开　　本　890mm×1240mm　1/32
印　　张　8.375
字　　数　154千字
版　　次　2022年5月第1版
印　　次　2022年5月第1次印刷
定　　价　48.00元

致

莫迪里阿尼

目录

问

米

可怜夜半虚前席，不问苍生问鬼神。

——题记

这是我最后一次见到阿让。

是的，我需要解释一下，我如何与他相识。

这涉及我的工作性质。怎么说呢，我是一名摄影师。当然，这是我的副业。我没有兴趣说我还有一份正式的工作，因为无可圈点。可以叫作公务员，但其实，只是在殡仪馆里做一些迎来送往的事情，送生也送死。

所以，我会重视这份副业，它让我觉得自己有用和高尚一些。当然别人未必这么看，毕竟，我是个自尊心很容易膨胀的人。

问题在于，摄影师也并不完全是个理想的职业。因为业务范畴广泛，我替人拍过结婚的 Video、拍过宠物，也偶尔为了紧巴的日子，跟踪过一两个明星，拍过他们的闺中秘事。但我要说明的是，我是个将兴趣和事业处理得壁垒分明的人。不要以为我没有原则。

因为我的原则，我才会和老凯相识，或者说，我才愿意搭理他。

老凯的丈母娘死了，在我们的殡仪馆火化。

那天丧礼，租用了我们最大的一个厅，极尽奢华。排场摆得很足，包括全程录像。我对这一点很不解，毕竟不是什么伟人的遗体告别仪式。录像的意义，除了让亲友在痛定之后再思痛，难说还有什么历史价值。照片上的老太太十分老，眉目并不舒展。不是颐养天年后的寿终正寝，听说是胃穿孔死掉的。这就让整个事情变得勉强。前来吊唁的来宾，他们在礼堂外面，已经等得有些不耐烦。一个大肚子的男人正在打电话给股票经纪人，面部表情丰富。他身旁的女人掏出化妆棉，将嘴上紫黑色的唇膏一点点擦掉，擦了一半，又不甘心地抿一下嘴。更多的人，是百无聊赖的样子。

的确，即使从专业的角度，我也觉得准备的时间过于漫长。依客户的要求，将雏菊、康乃馨、天竺葵、菖蒲和薰衣草一层层摆成俄罗斯套娃一般的心形，确实需要时间。何况这个方案，是在追悼会开始前两个小时才告诉我们的。而那两只绵纸扎成的仙鹤，在前一天晚上受了潮，怎么都摆不出雄赳赳、气昂昂的派头，也实在叫人郁闷。在所有人都忙得如火如荼的时候，只有一个哥们儿，叼着烟扛着摄影机走来走去。

我说："哥你差不离行了，这么走我眼晕。"

他轻蔑地看我一眼，说："什么叫差不离，没个合适的机位，拍出来效果不好你担当得起？"

4

我就闭嘴了。他是客户从电视台请来的摄像，以掌镜一档大型相亲类节目而闻名，所以拍活人还是蛮有经验的。

他突然一拍我的肩膀，说："小伙子，人生没有 NG。"

这可吓了我一跳，这么有哲理的话，搁我们这儿就让人起鸡皮疙瘩。我干笑着走开了。

这又忙了一阵，我正训一个刚来的小姑娘把"音容宛在"的联给贴倒了。

老李过来慌慌张张地说："那哥们儿不行了！"

我说："谁？"

老李一指："摄像。"

我一看，那哥们儿脸煞白，捂着肚子，豆大的汗珠可劲儿淌。我走过去，问他怎么了。

他看我一眼，嘴唇直发抖，说："早上喝了碗豆汁儿，刚跑了三趟厕所。得，又要蹿了。"

看他那熊样，我心想这还真是英雄气短。我说："赶紧地，回家歇着去吧。"

他为难地说："那这个怎么办？"

我说："不拍了呗。"

他说："那不成，订金都收了。"说完脸色一阵发青。

旁边老李就说："马达，你不是摄影挺能耐的吗？帮帮这哥们儿。"

我说："李叔，我哪敢来班门弄斧啊。"

哥们儿眼睛一亮，说："那谁，你摇镜特写什么的，都会吧？"

我冷笑一下，心想，什么时候了，还跟我这儿臭显摆，就说："不会。"转身就走。

"唉……"他痛苦地抬抬手，说，"得，就你了。"

要说人在这镜头底下，都挺能装。该肃穆的时候格外肃穆，号得也一个比一个带劲儿。孝子贤孙们赛着哭天抢地，生怕日后翻了带子出来，被人咂味说不孝而遗臭万年。晚上，我一边看录像一边想，到这时候真都是影帝影后哦。这时一中年男子经过，突然抬起脸，歪过脑袋看一眼镜头，笑了。他这一笑，可把我吓得不轻。等回过神来，赶紧倒带子再看一遍，还真笑了，笑得亲切和蔼。这大半夜的，我心里"咯噔"一下。我觉得，他这笑，是笑给我看的。

一周后的中午，我正在办公室打盹儿，接到一个电话，是个很沉稳的男声。

他说："小伙儿，听你们领导说，老太太那录像是你拍的？"

我说："嗯，您哪位？"

他说："我是老太太的女婿。"

我说："哦，我就是一代班跑龙套的，拍得不好您见谅。"

他说："不，你拍得很好。构图、氛围的感觉，都把握得很棒。"

我心想，好嘛，还构图，机位基本就没动过。

我说："有事您说吧。"

他说："我想找你合作个项目，你有兴趣吗？"

我想一想，说："哦，您细说说吧。"

就这么着，我见到了老凯。当我见到这中年人，一眼认出他就是在镜头里微笑的男人。我当时有不祥的预感。他冲我亲切地笑了，笑容与镜头里一样，然后对我伸出了手。我和他握了手，他的手心是湿热温暖的。

"我是个风水师。"他说，"我找你呢，是想拍一个通灵人物的纪录片。"

我一听，想都没想就摆摆手。

我说："这些怪力乱神的东西，我没兴趣。我是国家公务员，坚定的唯物主义者。从专业的角度来说，死者为人，走都走了，何苦接回来再折腾一程。"

他也不恼，笑得更亲切了。

他说："你这么说，还是对鬼魂不够了解。鬼魂是什么？从科学的角度说，鬼魂实际是某种磁场。你得承认磁场是唯物的东西吧？"

我不置可否。

他继续说："这种磁场是有记忆的，人在世时附于身体。可要是人器官衰坏或者虚弱衰老，产生不了足够的能量，这种

7

磁场就会慢慢离开人体。所以人死以后，灵魂就成为一种脱离肉身的单独的能量体。根据能量守恒定律，这个磁场暂时不会消亡。鬼魂就开始游荡，这就是所谓的孤魂野鬼。"

我打断他的话："您说得是挺科学，可是听起来还是瘆得慌。您就说到底想要我干什么吧。"

他说："你听我说完。这些鬼魂在游荡的过程中，遇到与自己属性相当、磁场接近的身体，就会被接收。这就是所谓的鬼魂附体。而通灵师，就是能够调整自身磁场，使其与鬼魂相近的人。鬼魂有自己的磁场记忆系统，就好比磁带上的信息可以以电磁波的方式，反映于被接受者的大脑。这时候，通灵师就像一道桥梁，可以将亡者生前的记忆显现出来。他的喜怒哀乐、他想做的事情、他最惯常的思维方式，都会作用于通灵师的大脑。所以，所谓死者和生者的对话，就是这么来的。我听说最近，在东南亚的丧葬业，兴起了一种仪式。有很多的通灵师都在那儿工作，帮助死者亲友了解遗愿。我想过去拍一拍，子丑寅卯，看了才知道究竟。"

我咽了一下口水，莫名地有了一些兴奋，但我还是很矜持地说："不会有什么危险吧？"

老凯哈哈一笑，说："大不了灵魂附体。你这么壮，对相异磁场排斥力很大，估计没人敢附。谁要真的敢玩儿你，我们就把他的银行密码套出来。"

我也笑。我说："您要真这么能耐，就该把你丈母娘的密

8

码都套出来。"

老凯不屑地说："她那点遗产，早就被几个小舅子刮干净了。要说那天办白事，我还贴了不少钱呢。"

我们就一起大笑起来。在这笑声里，这事基本上就算定了。

我们到越南那天，不怎么顺利。在河内机场，突然停电了。我长这么大，还是头回遇上机场停电这种鸟事，也算是开了眼。一片乌漆墨黑中，有个男人用娘娘腔式的英文说："所有过关手续暂停，直到电力系统恢复。"

在黑暗中，我皱一皱眉头，说："见鬼。"

我听见身后老凯用很干的声音说："说不定真是鬼闹的。"

我心里一阵发凉。我说："你别三句话不离本行。"

老凯说："鬼魂集中的地方，电磁波太强大。以前在美国的爱达荷州，有一个牛奶厂经常停电。后来发现那地方以前发生过爆炸，死了很多人。再后来，他们就引入高压电。整整电了两个小时，那个厂才从此消停了。我听说河内机场，以前死过不少越共。"

我说："行了，别说了。"

这时候，来电了。一片大亮。

河内连着几天都阴雨连绵，还剑湖上一片雾气。

我问老凯："什么时候开始工作？"

9

老凯说："不急。"

我笑一下，你不急我也不急。有吃有住，我就当来度假。

我自己一个人去城里逛。逛到傍晚，坐在路边的小摊前，吃了一碗牛肉粉，又要了一个法包。法包味道还不错，价廉物美。吃完接着逛，从同春市场一直逛到三十六行。我又买了许多蜜饯，边走边嚼。三十六行很有意思，同业扎堆，炊具、雨伞、布料全都摆在一块。有一整条街，全是卖锦旗的，好一派社会主义的美景。

我走入一条内街，都在卖些民族特色的服装。我知道越南人多是京族。他们的衣服女人穿上倒真是长身玉立，可就是颜色太素了些。经过一家门面小些的店铺，外面倒挂着几件颜色很鲜亮的衣服。我走进去，里面坐着个很老的老太太。老太太看见我，也并没有招呼，只是不停地嚼着槟榔。我翻了几件衣服，看上了一件宝蓝色的缎子长衫，就问那老太太多少钱。那老太太看我一眼，半躬起身子，开始讲我听不懂的话。她的嘴巴一开一合，里面是被槟榔染黑的牙齿。我心里一阵恶心，但还是微笑地又用英文问了她一遍。老太太茫然地看我一下，突然用手挡住了我，说："No！"

我搁下衣服，抬脚就要走。有生意不做，有病！这时候，进来一个年轻姑娘，穿着小背心和热裤。老太太一把拉住她，叽里咕噜地说半天，同时指指我。那女孩用异样的眼光打量我，拿磕巴的中文问："你要买给谁？"

我想都不想就说："买给我媳妇儿。"

她眼睛瞪大了，反问我："媳妇儿？"

我估摸着越南人不懂这个，一想媳妇儿也没过门儿，就只好嬉皮笑脸地照实说："给我女朋友，Girlfriend，OK？"

女孩露出吃惊的表情："你女朋友死了吗？你怎么还笑得出？"

我顿时就怒了，心想我与你无冤无仇，你咒谁呢。可是我看着她一本正经的样子，突然觉得有蹊跷。

我问她说："你这什么意思？"

女孩说："我奶奶说你进来半天了，你到底要干什么？一个寿衣店，值当这么逛吗？"

我一听，吓得一颤，连滚带爬地跑出来。

我回身对这女孩喊："你们越南人有病啊，给死人穿的衣服做得比给活人的还好看！"

我一路小跑地从内街里跑出来，心里不停说着"呸呸呸"。这时候天色一沉，毛毛雨突然大了起来。我没带伞，赶紧跑到一个怪模怪样的亭子里去。可还是淋湿了，我使劲儿打了一个喷嚏。这时候"全球通"响起来了，是老凯的声音，急急忙忙的。老凯说："哪儿去了你？我到处找。快回来收拾家伙，干活了。"

赶不及换衣服，湿漉漉地跟他上了车。到了云寿殡仪馆，冷得浑身发抖。我们到了门口，却不让停车。一直等一辆加长的凯迪拉克缓缓地开出来。听见老凯的小助理说："妈的，灵车搞那么大有什么意思，睡全家啊？"

老凯说："小小年纪看不得人好。到哪儿都有先富起来的人。"

我透过车窗望过去，这个排场与殡仪馆的破落实在是不搭调。说起来这儿也是政府机构，可看着好久没整修过了。不大的门脸上，有个老大的牌匾，上面的字都脱落了，有年头儿了。墙上还画了一幅像，也斑斑驳驳的，好像是个梳着大背头的长胡子老头。

我说："这是谁啊？长得这么喜庆。"

老凯也瞥了一眼，说："嗨！胡志明啊。你们 80 后就是无知。"

我们穿过一条甬道，头顶的日光灯管嗞嗞地响，一闪一闪的。一群人走过来，哭哭啼啼的。打头的是个小姑娘，倒是很镇定。她手里捧着个黑色的骨灰盒子，经过我的时候，嘴里嘟囔了一句。

我问翻译："她刚才说什么呢？"

翻译说："别管她。"

殡仪馆的负责人是个秃顶的中年人，佛山籍广东佬。他看见我们，迎了过来。老凯对助理使了个眼色。

助理走过去，把一个信封塞到他手里，说："小意思。"

他立刻喜笑颜开，对我们说："今天你们好彩，通灵师是个华人。不过等会'问米'的时候，他还是会说越南话，主要还是方便沟通，方便沟通。"

老凯也笑，说："没事，我们带翻译了。"

到了灵堂，看见家属已经三三两两地坐下了。前排是个穿一身孝服的年轻女人，旁边是个小男孩，孝帽太大遮住了眼睛，咿咿呀呀地叫起来。女人替他把帽子戴好，轻声呵斥了一句。她抬起头，看见我们正架好机位，细长的眼睛瞟了我们一眼，对后面一个年轻男人耳语。男人站起来，立即是凶神恶煞的样子，架着膀子走到我面前，狠狠地说了句什么。

翻译对我说："他说不许拍。"

老凯赶紧走过来，又将一个大信封塞到那男的手里。男的掂一掂，没言语，转身走了。

老凯叹一口气，说："幸好有备而来。"

这时就看见仵工推着死者的尸体走出来。女人看见了，先呜呜地哭两声，而后就号起来了。身旁的亲友劝慰了老半天，总算平息下去。我琢磨，这死的大概是她老公。

桌上摆的供品，琳琅满目。挤挤挨挨间，是一个年轻男人的遗像，看起来严肃得很。我心想，大概不是善终。旁边的翻译说，这是个出车祸的，才结婚两年。

这时候，走出来一个一身长袍的男人，旁边人告诉我说他就是通灵师。虽然我有心理准备，还是有些吃惊。他似乎过于年轻了，三十出头的样子，眉目清朗。那个方形的帽子本是滑稽的，但他戴着，就成了京剧里的纶巾小生。他举起一把宝剑，稳稳地放在桌上。

旁边的小助理说："呦，来了个令狐冲。"

只见他坐下，喝了一口水，喷在面前的黄草纸上，开始念念有词，一唱三叹，倒是好听得很。

我问翻译："他在说什么？"

翻译静静地听了一会儿说："我也不懂，大概是请各方神圣来帮忙吧。"

我给了他一个特写。突然，就看见他脸上抽搐了一下，一下子趴在了神案上，不一会儿，抬起了头，仍然闭着眼睛，人却坐正了。前排的女人目不转睛地看着他，突然大叫起来。

旁边的翻译说："她叫老公的名字呢，她老公叫有龙。"

通灵师开始左右摇晃身体，嘴里喃喃说着话，好像在寻找什么东西。翻译说："上身了，问自己在哪儿呢。"

女人开始哭泣。

通灵师突然浑身战栗，声音变得急迫起来。翻译说："哎呀，颠来覆去地说自己真冷啊，真饿啊，这是在哪儿啊。"

女人说:"夫啊,你回来了?你怎么抛下我一个人呢?还有我们的儿子,他才刚刚会叫爹呢。"

女人说完又开始大哭,问她男人在地下好不好啊。通灵师闭着眼睛对着她的方向,突然也发出了哭声。我不得不说,作为一个男人,他哭得极为动听。这哭声内容丰富,里面有不舍、爱怜和悔恨。

女人上气不接下气地说:"你给我们儿子取个名字吧。"

通灵师停止了哭声,拿出一张报纸,用手摩挲,然后用蘸了墨水的毛笔,抖抖索索地在报纸上画了两个红圈,然后将报纸掷向女人。女人的亲友赶紧捡起来。我努力看了一眼,也没看见他勾了个啥。

人们开始窃窃私语,然后女人又开始哭。翻译听了听,说:"这是个什么名字?叫'多盒'。我看他是圈到广告上去了。"

女人突然站起来,高声叫喊起来。翻译在旁边急急地说:"你这算怎么回事?你到死做事都这么吊儿郎当,给儿子起这么个坑爹的名字!"

我看了翻译一眼说:"你甭跟这儿用网络语言啊。"

翻译说:"别打断我,我怕你不明白。"

然后女人又开始哭,说:"你现在抛下我一个人,自己去快活了。活着时整天不着家,在外面赌赌赌。我生孩子,你都不在我跟前。你把我们家都败光了,现在让我一个人怎么活下去?我们开的店,还有一年的政府贷款没有还,工人的工资也

15

没有钱发。你让我一个人怎么活下去啊？呜呜呜……"

通灵师一言不发，听任女人的指责，面目十分宁静。但是，我看见显示屏里，他的脸色渐渐泛起微红。突然，他头一抬，开了口。

这一开口，刚才还七嘴八舌的人们，突然都安静下来了。我看见翻译瞠目结舌的样子，赶紧问："他说什么啊？"

翻译回过神来，挨近了我说："有戏看了。他刚才说'我在外头赌，你就在家里偷汉子吗？'"

我也愣了。这他妈是好莱坞大片还是重口味韩剧啊？

女人愣愣地看着通灵师，开始大哭。然后看阵势，是骂上了街。通灵师也不说话，偶尔讲一句，那女人就边号边骂。

我问翻译："他们说啥呢？你给翻翻呀。"

翻译眼睛瞪得溜圆，说："来不及翻，信息量太大了。"

忽然，我看见通灵师的脸赤红，五官扭曲，变得狰狞。他"呼啦"一下站起来，跳过神案，身手非常敏捷，然后一把抱住女人，掐住了她的脖子。

旁人都看呆了，竟没有一个去拉一把。在挣扎间，通灵师揪掉女人的一绺头发，一个箭步跑到尸体跟前，撬开尸体的嘴巴，要将头发塞进去。

老凯看见，说："坏了，他要带她走。"赶紧和当地的一个风水师傅走过去，合力按住了通灵师，然后将头发从尸体嘴里面抠出来。老凯拿起一张神符，口中念念有词，"啪"的一下贴到通灵师的额头上，说："尘归尘，土归土。走！"

通灵师颤抖了一下，躺在了地上。过了一会儿，慢慢地睁开眼睛，面目如之前一般平和，神态澄明。

通灵师站起来，向女人及亲友致意。女人惊魂未定，一把推开了他。小男孩号啕大哭，其他人也都有些闪躲。他无辜地看了众人一眼，只有旁边的一个中年男子和他握了握手，大概是说"你辛苦了"之类的话。

老凯擦了一把额头的汗，长舒一口气，说："没想到，到这儿来救了个急。业务还算熟练。"

我张了张嘴，到底没问出来：这老北京腔的念诀，越南的鬼是怎么听懂的？

收拾东西的时候，通灵师走过来，认真地看了看我的摄像机。他对我笑一笑，笑得有些疲惫。

晚上我们在一个叫 Little Hanoi 的小餐厅吃饭。老凯叫了殡仪馆的老金和通灵师。通灵师叫阿让，这时候换了身简单的T恤衫、牛仔裤，和个普通的年轻人没两样。老凯和老金觥筹交错，简直是他乡遇故知。我和他们敷衍着，看阿让在旁边，一个人默默地喝酒。

我就说："帅哥，碰一个啊。"

他就将酒杯举起来，和我碰一下，一饮而尽。

我说："好酒量。"

他笑一笑。

我问他："你做这行多久了？"

他说："三年。"

然后就又没话了。

我说："听你口音，是南方人啊。"

他说："浙江镇海人。"

我说："浙江可是个好地方，怎么想到这里来了？"

他说："讨生活。"

我心想，刚才那情形，真看不出他是个惜字如金的人。

这时候，服务生端了几碗热气腾腾的牛肉汤河上来。

老金说："趁热吃，这几天雨多，去去寒湿。"

雾气缭绕间，阿让抬起了脸。他看着我说："我觉得，你不相信我。"

我正在挤一片青柠檬，手一抖，偏了，溅进了眼睛里。一阵酸疼。

老凯也愣了一下，然后立即打着哈哈说："他怎么敢不相信你？他就是我一打工的。我信你就成，我们还要跟拍你呢。"

阿让摇一摇头，说："信不信，眼神里有。"

老凯说："他哪有什么眼神？你看他眼睛都睁不开了。"

我使劲儿揉一揉眼睛，说："你们通灵师，是不是都有忌讳？比如'莫问前事'……"

阿让没等我说完，他说："你的工作，也是常和死人打交

18

道的吧?"

他的声音很轻,但是清晰。我们都停下了筷子,看着他。他却埋下头,开始吃面前的汤河,一边把牛肉拣了出来。

第二天,我们去了旧城东川市场附近的一个道观。这道观比不得真武观气派,很小,也破落,但是有名,据说在这儿求三清灵验得很。每星期阿让都有一天在这里"问米"。这儿,会比在殡仪馆收得贵些。因为问的不是新鬼,都是去世很久的了,有些甚至已经快要魄散了。用老凯的话来说,"磁场很弱",所以要通灵师用大的力气来招魂,是很伤元气的。

这天来问的,是一对华人中年夫妇。他们上初中的儿子,一年前因为考试没考好,从楼顶跳下来死了。夫妻俩就这一个儿子,女人又不能再生了。这个年纪丧子,又香火无继,是很痛苦的事。夫妇俩就想着有个寄托。亲戚介绍了一个新丧的女孩。做爹娘的就琢磨给儿子办个冥婚,也好让儿子在地下有个伴儿。"八字"什么的都看过了,可到底还想听听儿子自个儿的意思。

阿让坐在神案前,脸色肃穆。袍子比昨天的颜色鲜亮,头上戴了一个假发髻,脸颊上印了两块胭脂,模样有点怪异。

夫妇二人看上去都斯斯文文的。男的头发已经花白了。女人的眼神有些空,直勾勾地盯着阿让。

阿让点起一炷香,口中念念有词,然后慢慢地垂下头去。

许久后，他的身体开始微微颤抖，突然好像打了一个寒战。他抬起脸来，眼睛紧闭，似乎承受着巨大的痛苦。

女人失神地看着他，轻轻问："儿子，是你吗？"

阿让的嘴唇翕动了一下，说："阿妈。"

这声音很平静，有些单薄，听得出几分稚气。

做母亲的用手帕捂住了嘴巴，隐忍着发出了嘤嘤的哭声。父亲用手抚弄着她的肩膀，说："阿祥，爸妈想你啊。"

"傻孩子，你怎么这么糊涂啊？爸那天话说得重，都是为了你啊。你这是要让你爸后悔一辈子呀！"他说完这句话，也泣不成声。

母亲一把推开他，擤了一下鼻涕，说："儿，你走以后，我一直把房间给你留着，里面什么都没有动。你几时回来都行，爸妈给你留着门。"

阿让的声音也变成了哭腔，他说："阿妈，我也想家。可我不认识回去的路啊。你烧几样东西给我可好？"

母亲赶紧说："祥仔你说，烧什么？爸妈什么都烧给你。"

阿让停一停说："你把萧亚轩的那张 CD 烧给我吧。"

母亲有些茫然，说："萧亚轩？"

阿让说："在书架第三层，就是放我马克杯的那一层，有一摞 CD 唱片。"

母亲说："好好，你还要什么？"

阿让说："把立柜上的模型也烧给我吧。"

母亲想一想，问："是那个有桅杆的吗？"

阿让说："不是，是那只苏联的航空母舰。我拿它参加市里的竞赛得过奖的。"

阿让的声音变得有些活泼了，好像一个在世的少年人，在回忆往事。我听了心里不是滋味。

母亲又哭起来了。父亲捏住了她的手，说："阿祥，你在地下孤不孤单？爸妈想帮你娶个老婆，成个家，好吗？姑娘很漂亮，人也不错，比你大两岁。"

阿让沉默了，许久没有说话。突然开了口，说："不，我只要小意。"

我看到夫妇两个都止住了哭声。做父亲的，脸色阴沉下来了。

他说："小意？你被这个小意害得还不够吗？你知道爸妈在你身上，寄托了多大的希望？为了那个女人，你爷爷什么家产都没留给我们。爸妈攒吃攒喝，是为了让你将来上哈佛大学、耶鲁大学，出人头地。你扔下爸妈一死了之，倒还惦记这个人？"

父亲的声音，越来越粗重。母亲抱住他，说："你够了。别吓着孩子了。"

阿让又半晌没说话。

母亲说："祥仔，你现在要如何，爸妈都答应你。可是，小意是生者，阴阳两隔，你总不能等她一辈子。爸妈是怕你在

21

地下没有人照应。你成了家，我们也就放心了，好不好？"

阿让抬起头，点了三点。

母亲看了，欣喜地执起父亲的手，说："好孩子，好孩子。将来我们老两口百年，咱们四口团聚，也算有个囫囵家了。"

这样说完，却又哭了。我推了一个近景，看见她脸上的妆都花了。哭了又笑，笑了又哭。

阿让身体又颤抖了一下，轻轻地说："阿妈，别哭了。你身体不好，别再哭了，伤身。阿爸，儿子对不起你们，不能尽孝了，你帮我好好照顾阿妈。要听王医师的，血压高，降压药还是吃英国的那种，不要只想着省钱。阿妈，儿子要走了。"

母亲听到这里，大喊一声："儿啊！"叫得撕心裂肺，然后昏死在椅子上。

这时候，阿让慢慢地趴下了。

待他抬起头来，那父亲已经走到跟前，老泪纵横，说："年轻人，谢谢你。我们家祥仔，一点儿都没变。若不是受人引诱行错路，现在还是个乖孩子。"他拿出一沓钱，点出许多张放在阿让手里，想一想，索性将一沓都塞给了他。

做母亲的，这时也渐渐苏醒过来了。她支撑着自己的身体，站起来，一把抱住阿让，抱得紧紧的。手在他脸上、身上摸索。眼神中的留恋，让我们这些在场的人，鼻子都发了酸。

旁边的小助理，已经哭得稀里哗啦了。

晚上吃饭的时候，大家都喝得醉醺醺的。我端了一杯酒到阿让面前。

我说："兄弟，今天我是信了。一个大老爷们儿，今天再不信，真的没人心了。"

阿让看看我，笑了笑，没说什么。

离开了越南，我们在东南亚兜了个大圈。

一路上也真算是开了眼界。从泰国的养小鬼的规矩到请佛牌的法门；从马六甲的公主坟，到雅加达废弃的工厂大厦、闹鬼的拿督府，各种光怪陆离，各样的奇人异士，真真假假，假假真真。在芭提雅，耽误了些日子。本来是去拍当地一个被吹得很神的神婆。我们的翻译却掉了队，差点儿过不去一个小人妖的桃花劫。待我们回到河内的时候，已经过去两个月了。

白天，我跟着导演去真武观、独柱寺补了几个镜头。晚上，一个人百无聊赖，我就带上一份地图，出去逛。这时候已经入夏。天黑下来，街上还有一些热腾腾的气氛。到处是"嘟嘟嘟"的声音，电单车在这里是很普遍的交通工具。青年人穿着鲜艳的衣服，哼着 westlife 的舞曲，女孩们坐在后座上，搂着男朋友的腰。吊带背心底下是黑黝黝的香肩，长头发在风里吹得像一面旗帜。像世界上所有的城市一样，这里也是摩登的。

我租了一辆三轮车。沿途的夜色和风景，都让人很舒服。我不是个浪漫的人，可这一刻，心里却觉得放松和安定，或者是因为工作告一段落。我和踩三轮的大爷，用蹩脚的英文七荤八素地聊着。他不断地推荐我去一些香艳的地方，这时候，我并没有兴趣风流。

我对他说："我饿了，你载我去个吃饭的地方吧。"

他说："那就去夜市吧。"

就这样我到了东双夜市。

我说："我自己逛，你走吧。"

我付了车钱，又多给了他一些小费。临走的时候，他还是有些不死心，说："真的不要 lady 吗？cheap and good 哦。"我摇摇头，对他比了个"赞"的手势。

我辨认了一下，发现这儿就在三十六行的北面。这里是个很热闹的地方。像世界上任何一个大市场一样，叫卖声此起彼伏。各种或油腻或辛辣，又不知缘由的味道从周围传来。我买了个荷叶糯米饭，边走边吃。金橘椒盐的味道很重，但是配上本地的秋葵，吃下去很过瘾。街边的小贩正热火朝天地把各种商品沿街摆开。有一些好玩儿的冒牌货，我看上了一顶 A&F 的棒球帽，在后脑勺上，用很小的字印着"Autumn & Feather"。我笑了笑，为了这个创意，买了下来。越往深处走，稀奇古怪的东西似乎越多。阿凡达面具、一次性防水文身纸、日本出产的出气沙包、性玩具、情趣用品等，琳琅满目。一个装束鲜艳的女人从巷子里跑出来，拦住了我。她拿出一本册子，指着上面衣着暴露的女郎照片，分别用越南话和英语跟我兜售。我故意用字正腔圆的北京话对她说："对不起，听不懂。"她愣了一下，拉住我的袖口，嘴里冒出蹩脚的中文："中国，大哥，有发票。"我大笑着跑开了。

就在这时，嘈杂中听到了胡琴的声音，在不远处。这声音我不陌生，因为我爷爷是个资深而无成就的票友。但节奏和音色与我熟悉的京胡并不一样。我看见一个很花哨的戏台，搭在祠堂的前面。这戏台的俗艳吸引我走了过去。一片大亮，台上空无一人，可能一幕刚刚结束。幕布上方挂着褪了色的红色横幅"河内越剧同好会"。突然之间，响起几声断断续续的鼓点。一个女人走出来，一身青衫，胸前缀满金色的流苏。几句念白之后，开始咿咿呀呀地唱起来。这女人扮的是个年轻的旦角，但身段早就走了样，脸孔也看得出年纪。同时幕布旁边的电子屏幕上出现了两个字"追鱼"。机器可能也失灵了，"追"字的走之底只剩下了一半。我记起来，这是个人和妖怪谈恋爱的故事。女人唱了两句，一个男的也走出来，一袭蓝衣，读书人模样，也唱起来。他的声音很好听，有一点沙哑。唱的什么我是完全听不懂，但听上去却有点耳熟。这是个书生，大概演员与角色年纪相当，就没有女人的表演显得勉强。看他的做科，称得上风神俊逸，脸上的粉涂得很多，有些僵，但一双眼睛，脉脉含情。对着这么个身形肥满的鲤鱼精，还能这么入戏，也不简单。两个人唱完了，出来谢幕。那男人开了口，说感谢之类的。南方口音的普通话。这声音……电光石火间，我突然听出来了，是阿让。

我挤过人群，到了后台，看见书生正在卸妆。

我喊一声："阿让。"

他转过头来，真的是阿让。

我愣了一愣，说："你怎么在这里？"

阿让笑笑，说："等我一会儿，我请你吃夜宵。"

我们穿过街巷，在一个安静些的烧烤档坐下。阿让点了一盘牛肉，又点了盘茄子、西红柿、西兰花。

我说："牛肉再来盘吧。"

阿让说："不用了。给你点的，你们北方人爱吃。我晚上不吃肉。大荤伤喉。"

我哈哈大笑，说："真没想到，你还会唱戏！"

他微微皱了下眉头说："我来越南前，是省越剧团的演员。"

我这才觉出刚才的轻慢，于是打个圆场："哦，唱得这么好，干吗要改行做通灵师？难道说，真是大仙附身了？"

阿让也笑了，轻轻说："在这里，靠唱戏养活不了自己。"

他夹起一块西兰花，慢慢地嚼："不过，我可能也快回顺化去了。等攒够了钱，我就办个自己的剧团。"

我说："嗯，你上次说来越南，是为了讨生活。说到底，还是要做自己想做的事。"

他又摇摇头，说："说到底，是为了一个女人。"

我有些吃惊他这么说，现出感兴趣的样子。可是，他倒不往下说了。他端起酒杯，和我的碰一下，说："喝酒。"

我说："不过呢，你做通灵师，也是天赋异禀。不做了有些可惜。这本事可不是人人都有的。"

这时，一点儿烧烤的油星子溅到了阿让白色的衬衫上。他抽出一张纸巾，很仔细地擦，一边说："无为有处有还无。"

我说："什么，这么玄？"

他笑了。

那天，我就和阿让这么有一搭没一搭地聊到了半夜。

离开的时候，我说："刚才你在台上，我给你拍了几张照片。你给我个地址，回头寄给你。"

阿让就说："好，回头发到你手机上。"

回国以后，拜老凯所赐，我的生活算是天翻地覆。为了跟他这个项目，好好一份公务员的工作辞掉了，我这才知道世道艰难。打他那儿拿了笔钱，没怎么着就花光了。不过也算钱尽其用，我给自己添置了一套不错的摄影器材，开始给人打打零工，拍拍婚纱照、全家福什么的。说好听点，就是当上了自由职业者。这中间，抽了个空把婚结了。不过我媳妇儿她老妈当时极力反对，说："好歹一人民教师，千挑万选，最后怎么也不能嫁给一个个体户，还拍过什么装神弄鬼的东西。"可我媳妇儿一新时代的女性，最后还是义无反顾地跳入了我这个火坑。说实在的，我心里挺歉疚的。特别是见她安贫乐道的模样，也心疼得很。有时候我借酒浇愁，她就用坚定的目光看着我说"焉知非福"，我就叹上一口气。

第二年初，我正帮媳妇儿剥蒜，准备吃饺子。老凯兴冲冲地打电话给我："兄弟，你时来运转了。"

我苦笑一声，说："凯爷，您老就积点德吧。作为改变我人生的人，别再忽悠我给您卖命了。"

老凯就急了，说："马达，你别没良心。你知道洛迦国际电影节吧？"我说："地球人都知道，纪录片界的奥斯卡啊。您可别跟我说咱那破片儿获奖了，广电局都懒得禁。"老凯说："是啊。你获了个最佳摄影，中国第一人啊！赌等着上报吧。"我听他说完，顿时蒙了，无语对苍天。蒙完了，扭一下自己的脸，生疼。我一把抱起我媳妇儿，说："我远见卓识的老婆大人，I 服了 You，比章鱼帝还准啊。"

事实上，这部叫《魑魅人生》的纪录片获奖以后，我的命运并未有大的改变。但毕竟让我觉得理想不至于一无是处，也有了继续为五斗米折腰的勇气。我依然拍人、拍宠物，跟在一对对新人屁股后头，拍他们搔首弄姿的婚纱照。

有空的时候，我就把那只奖杯从书架上拿下来，擦一擦上面的灰尘。

年龄与阅历告诉我，要淡定。直到《世界地理杂志》寄来了邀请函，希望我成为他们在亚太区的签约摄影师，聘任期为十年。

接下来的三年，我过上了自己想要的生活，走南闯北，拍了想拍的东西，去了该去的地方。到了这年五月，公司说让我去龙湾一趟，帮他们国家旅游局拍一个风光宣传片。我原本没有什么兴趣，但想了想，还是答应了下来。

我把一张《魍魉人生》的光盘，放进了行李箱。

工作结束后，我打通了阿让的电话。

他很意外，但似乎还记得我。他小心翼翼地跟我寒暄了一阵。

我问："你是在顺化吗？"

他犹豫了一下，说："不，我还在河内。"

再见到阿让，是一个阴天的下午。空气湿热，汗闷在身体里出不来。

他给我的地址在古城附近，但很难找。我在巷子里转悠了好久，终于找到这个门牌号，是一处残破的民房。

民房前面，有一个水洼。几个小孩子正蹲着，专心致志地看着什么。我走过去。水洼里有东西轻轻地蠕动，当我认出是一只初生的老鼠时，有些反胃。小孩们撩起肮脏的水，泼向老鼠。老鼠挣扎着想要爬出水洼。他们就把它的头按下去。

水洼的边上，是一丛栀子花，大朵大朵的白，开得很招摇。

没待我敲门，一个粗壮的男子光着膀子走出来，把一盆水泼到水洼里。小孩们一哄而散。

我问他："阿让在哪里？"

他开始没听明白。终于听懂了，指指楼上，说："他可欠我两个月的租了。"

我沿着木梯往上走。楼梯已经不太结实，踏上去发出"吱呀"的声音。扶手上栖着几只鸽子，侧过头，用好奇的眼神看我。我走近了，它们就退后几步。我挥了一下手，它们就扑扑棱棱地飞走了。

楼上门开着。

我看到昏暗的房间里，没有开灯。房间很小，阿让正坐在一个蒲团上，喃喃地说着话。黄昏的光线穿过窗户，正照在他脸上。阿让留了个平头，比三年前瘦了许多，留了连鬓的胡子，也显老了。

他紧紧闭着眼睛，右手放在一个看起来很油腻的假发上。

面前是个中年男人，面目不清楚，我只能看见他脖颈上文着一条龙。

我知道他正在进行"问米"的仪式，假发或许是逝者的遗物。我没有打扰他，靠着门框站着。我正打算点起一支烟。

这时候，那个中年男人"呼啦"一下站起来，一拳打在阿让的鼻梁上。

阿让睁大眼睛，惊恐地看他，同时发现了我。他揪住阿让的领子，正要再打下去。我一个箭步冲过去，握住了他的拳头。

我说："哥们儿，怎么着，跟这儿动粗来了？"

他挣扎了一下，仰视我一米八的身形，放下拳头，愤愤地说："没本事，就不要装神弄鬼。"

我掐住他脖子："你再说一遍，谁他妈装神弄鬼，你欠抽啊？"

他的广东腔成了哭腔，说："我大佬，怎么可能把我的名字说错？"

我手头的力气一懈，他挣脱，夺门而逃。

我冲出去，大喊一声："臭小子你给钱了没有？"

"让他走吧。"我听见阿让轻轻地说。

他站起身，用手背擦了一下嘴角上的血迹，捏起那团假发，扔出窗外去了。一边说："这个人投资失败，要跟他死去的哥哥问计。人生在世，富贵在天，问鬼能问出什么来？"

31

我沉默了一下，终于说："你也真能忍，他当你是骗子呢。"

阿让苦笑。

他倒了一杯水给我，然后把房间里的香熄灭了。

空气就干净了些。有悠悠的栀子花香味传上来，但是仍没有遮住另外一种气息，隐隐的，清冽而略微刺鼻。

我问："你没有回顺化去吗？"

他说："还要回去干什么？'生生生，虽生何所用？'戏文里说得清楚。唱了这么多年，如今才看透。"

我看这房间里，没有什么家具摆设，只有一张床、一张桌，搁了几只蒲团，连神坛都免了。墙上有一道曲曲折折的裂缝，从天花板一直延伸到地板上。

我说："你这几年都住在这里？"

他笑一笑，说："寒酸是吧？这一行的生意没以前好了。每年总有这样的时候。熬一熬吧，熬过去就好了。"

我说："对了，有东西给你看。"

我打开带来的计算机，把光盘放进去，然后说："你等着，从头看。十一分的时候就有你了。"

"是吗？"他盯着屏幕。他很少有这样的目光，像是一只等待猎物的小兽。当看到自己出现时，他脸上泛起了笑容，说："你看，那时候穿得多傻啊。"

我看到他的眼睛兴奋起来了。

看到那对中年夫妇，他的目光又暗淡下来。他说："唉，也不知道这老两口怎么样了，就这一个孩子。"

我说："人各有命，你帮过他们，也算了却他们的一桩心愿。"

这时候，他沉默了。

半晌，他问："你真的相信我？"

我很肯定地点点头。

他垂下脸，又抬起来，似乎下了很大的决心。他张了张口，终于没有说话。

"你，想过回中国去吗？"我看着外面说。

这时夜幕降临。房间里的光线暗下去。阿让挪动了一下，打开了一盏灯。这灯是油灯的样子，里面却是一盏不太明亮的灯泡。光透过蒙尘的玻璃罩，打在墙上，是个弧形的光晕。

"来了，还回得去吗？"阿让的声音很轻，像是说给自己听的。他打开抽屉，拿出一册笔记本，翻开来，小心地取出了一张照片，递给我。

照片是黑白的，已经有些发黄，看得出经了年月。上面是个古装的女人，有明亮的眼睛和宽阔的额头。

阿让说："我是为她来的。"

"我进团的时候，就知道她了。"阿让眼睛看着一个虚无的方向，并没有期待我问什么。

他说："那一年，我刚刚从戏剧学校毕业。她已经是我们团里最红的花旦。听人说她是余姚人，从县剧团上调过来的。当初她来了，团里好多人是科班出身，都不服气，说她是野路子。可是，一两个月后，就没人言语了。只要她主演的剧，总能博个满堂彩。一样的唱白做科，她唱《葬花吟》，就能唱出人的眼泪来。一样的头面，她穿戴起来，就是个活脱脱的卓文君。"

说到这里，阿让从我手里拿过照片，定定地看。他用手指在上面轻轻抚摸了一下，说："那时候，她在台上唱，我就在底下坐着听。听她唱《碧玉簪》，唱《盘夫索夫》，总是听不够。听得忘了去练功，被我们组长罚面壁。那时我总想，要有一日，能跟她对手演上一出戏，该多好啊。我也知道这是个梦罢了。她怎么能看上我这个毛头小子呢？

"可有一次，剧团周年庆，排演一出《追鱼》。临到演出前，演张珍的演员突然受了伤。B角竟然是我顶了。她看看我说：'这孩子是工"官生"的，不合适。'我也不知哪里来的勇气，说：'让我试试吧。'

"她点点头。一场彩排下来，她笑一笑，对我说：'唱得好。一双桃花眼，人小鬼大啊。'说完了，她摸摸我的头。"

"那是我唯一一次和她同台。"阿让看我一眼，说，"后来她送我这张剧照。打那以后，她在团里也很照顾我。她烧的狮子头，好吃得很。还给我织过一条围巾。团里的人都说，她收了个大儿子。我听了，心里不是个滋味。那年我十八，她三十二。"

这时候，一只蛾子飞进来，撞到了灯上。落了地，扑棱了几下。阿让皱了一下眉头，用拇指碾上去，一划，地上便是一道粉白的肮脏痕迹。

他说："她和团长的事，我是最先知道的。我不知她为什么相信我。她让我帮她递情书。团长是个大武生，人长得好，戏也唱得好，可他是结了婚的。我看着他们台上台下，眉来眼去，可我还要帮他们递情书。有一次，我就拆了她的信，看了，然后给他老婆打了个电话。他们俩就在他家里被捉住了。我以为他老婆会闹，结果没有。他老婆自杀了。

"团长被撤了职，她在团里也待不下去了。后来听说，她被广西一个越剧团借调了去，再没有回来。

"我收到她的信，是八年以后了。信是从越南寄来的。她说，她在顺化，她想见见我。

"她为什么单单写给了我？你说，她为什么单单写给了我？"

阿让眼睛里的光亮灭了一下。我的嘴唇有些发干。我举起面前的杯子。杯子里的水，已经凉透了。

阿让说："我真的去见了她。她在一个很小的医院里，一

35

个人。她躺在病床上，人瘦了很多，老了很多，脸却还是瓷白的颜色，跟以前一样。她得了肺癌，晚期。她说：'我快死了。不知道该见谁，就想起你来。'

"我说：'你不会死。'我回了剧团，辞了职。我带着我所有的积蓄，来到了越南。我一个亲人也没有。这时候我才发现我除了她，没有牵挂。我带着她来到了河内，陪着她看病，住最好的医院，吃最贵的药。我们都知道，她就要死了。她不要做手术，她说她想有个完整的尸身。

"她终究还是死了。她死的前一天，让我给她化了个妆。她让我给她化的，是《追鱼》里丞相女儿的妆。她说：'唱了一辈子鲤鱼精，快死了，要做回人。'

"那天，在殡仪馆。她就要火化了。我的钱，只够她在太平间的冷藏柜里放上三天。我让仵工打开柜子。我看着她的脸上、唇上挂着浅浅的白霜，好像睡着了一样。

"她就要被烧掉了，我哭着走出来。我想起她说'你让我有个完整的尸身'。

"这时候，我看到有人在灵堂里'问米'。我看到神案前一个很丑的男人，突然浑身抖了一下。不知为什么，我也禁不住抖了一下。这时候，有人拍了下我的肩膀，说：'年轻人，你也鬼上身了？'我吓得猛回头，看见一个中年人笑着看我。他就是老金。

"老金说他是殡仪馆的负责人。他打量我，像打量牛马一样，然后问：'长得不错，想不想学门手艺？我们馆里就缺个像样的通灵师。这如今是个好行当，供不应求。钱来如流水。'我愣了一会儿，说：'想，但我有个条件。'

"我对他说了，老金很爽快。老金说：'看见太平间最东头的十七号柜子没有？里面那位从 1964 年待到现在了。吴廷琰手下的一个将军，政变的时候给崩了。他儿子偷偷送过来的，一直就这么冻着。反正就是个钱，他们也不缺。'他压低声音说：'你回头给我签了约，那十九号箱就是你的，想藏到几时都行。将来我们生意好了，我给你做最贵的防腐处理。'

"最后他问我说：'谁让你这么舍不得？'

"我想想说：'家里人。'

"我跟着老金，一做就是十年。我帮他赚了许多。渐渐地，我除了这个，什么都不会做了。是的，我曾经很受欢迎。我没什么异禀，我只是会演戏，会察言观色，会看客户的 facebook，会收死人对头的'水底'。"

他笑了一下，笑得有些玩世不恭。他说："是的，我从没离开过自己的老本行。说到底，我还是个戏子。

"我有空了，就去看看她。看看她的样子变了没有。每次我都生怕打开柜子，她不见了。还好，她好好地躺在里面，样子一点都没变。

"直到前年，这家殡仪馆要拆了。老金也要退休了。他说：'十年了，你把该带走的带走吧。'我说：'你让我带去哪里？'他说：'自求多福。'"

阿让说到这里，声音变得飘忽。这时候夜风吹过来，撩动了门帘。忽然间，我觉得身上一阵发凉。我终于问："那，你带去了哪里？"

阿让没有言语，但他的眼神溢出了一线温柔，目光落在我身后。

我身后，是那张简陋的床。借着微弱的灯光，我辨认出床底下，是一具漆得很厚实的黑色棺材。

我们没有再说话，只能听见彼此的呼吸声。桐油的气味混着渐渐清晰的药水味，漫泻开来。

又过了好久，我克服了自己的虚弱，站起来。我说："我走了。"

我回转身，还是很坚定地说："你是个最好的通灵师。"

当我走下楼梯，那些鸽子又聚拢了来。

它们转动着脑袋，咕咕地叫，没有放弃对我的好奇。

但是，当我走近它们的时候，它们依然毫不犹豫地，飞走了。

她再遇到他，是在一个黄昏。

　　她下了72路公交车，走向街心广场。广场上响着喜洋洋的音乐。一群半老的女人，穿着艳丽的练功服，喜气洋洋地扭着，扭得豪气干云。杜雨洁头脑里突然出现了一个词，"中国大妈"。据说这个词，就要被收入《牛津英语词典》了，和去年四月的旧闻相关，"高盛退出做空黄金，中国大妈完胜华尔街大鳄"。虽然情势急转直下，但是大妈们仍是士气高昂的模样，"输钱不输阵"，令全球瞠目。

　　在《最炫民族风》豪迈的节奏中，杜雨洁看见了自己的母亲。母亲的步伐显然还有些跟不上趟儿，又担心周遭的人发现自己的笨拙，神情未免有些恓惶。她的衣服是新的，也鲜亮一些。腰上的飘带过于长了，衬得她的身形更为瘦弱。当她扬起脸的瞬间，杜雨洁将头低了下去。她不想让母亲看见自己。她并没有停下步伐，却不小心撞到了一个人。撞得猛了，一副眼镜掉在了地上。她嘴里忙不迭地说"对不起"，蹲下去捡那副眼镜，抬起眼睛却看到一个男人。男人用身体支住未停好的自行车,从她手里接过眼镜,摸索着戴上。

杜雨洁却愣住了,说:"聂老师。"

男人看了看她,也有些意外:"杜,杜小姐。真巧。"

杜雨洁想一想说:"真巧。您怎么在这儿?"

男人用中指将眼镜在鼻梁上顶了顶,说:"我,我找找灵感。"

"在这儿找灵感?"杜雨洁脱口而出。

说出来,两个人都有些尴尬。男人终于使劲儿握了握自行车的把手,说:"我先走了。"

他垂下了脸。杜雨洁看到他微秃的头上,一块浅红色的头皮,有一些细幼的头发覆盖着。男人的肩膀挺了一下,让自己的姿势不那么僵硬,慢慢地走远了。杜雨洁想,他应该是意识到自己在看他了。

杜雨洁回到家。母亲已经回来了,手里拎着一篮菜。自从退休后,她坚决将小阿姨辞掉了。理由是,以后要由她来掌管家里的起居用度,说不想就此成为一个无用的人。

在外面又磨蹭了好一会儿,还是撞上了母亲在厨房里忙碌的情景。在母亲的强迫下,她只能选择袖手旁观。这在杜雨洁看来,简直是种罪恶。但是,母亲说,君子远庖厨。有工作的人,不分男女,都是君子。她要将自己迅速嵌合进一个家庭主妇的角色。

几十年的大学教学生涯，让母亲觉出了人生尘埃落定的意味。她略带兴奋地投入了另一种开始。杜雨洁看着她戴着老花镜，将一颗香菇放到鼻子边上，闻一闻。然后有些笨拙地掰开刚刚洗好的西芹，放在案板上。杜雨洁几乎起了身，她想母亲还未准备好如何处理这么庞大的蔬菜。但是，她还是忍住了。她知道，或许母亲更需要的，是鼓励。

这时候，她不由自主地望了一眼父亲的遗像。父亲烧得一手好菜，宠坏了母亲，却教会了她。她知道，父亲是欣赏她身上某种来自遗传的粗粝劲儿。母亲的存在，只与诗词和歌剧相关。父亲对母亲的影响，也是如此的形而上。她第一次陪着母亲去买菜，在她退休后那个秋天的午后。母亲在一个摊档上，精心地挑选了西红柿、西兰花和茄子，然后很客气地对档主说："麻烦你将这些菜的价钱 Σ 一下。"这个中年男人茫然地望着她。他抬抬手，望着这个头发梳得一丝不苟的微笑的大妈，犹豫地说："那你，买是不买？"母亲镇定地说："买，我挑了这么久，请你 Σ 一下。"她在旁边，终于抢过话头："这些菜，一总多少钱？"说完这些，她迅速地付了钱，拉着母亲离开了。这一路上，母亲没有再说话。她看到母亲微红着脸，眼里是难以形容的黯然。她想起，Σ 是做数学教授的父亲最喜欢用的一个词。"听说香港一个奥运冠军，培养一个小孩长大，用掉的钱 Σ 有四百万。""扩招得也太离谱了，今年的名额 Σ 起来，是去年的两倍都不止。"这个词被父亲用得自如而入时，怎么换到了母亲身上，就笨拙了？

母亲终于做好了两个菜、一个汤，给杜雨洁盛了一碗饭。还好，米没有夹生。母亲在菜里翻了一下，捡起一块香菇，放在女儿的碗里。杜雨洁笑了笑，嚼一口，就听到嘴里发出碎裂的声音。是个小石子硌了牙。香菇里的泥沙没淘洗干净。她本能地想吐出来，可看到母亲那期待的眼神，便一狠心，咽了下去。

她对母亲报以一个微笑，说："真好吃。"

母亲脸上便露出松心的笑容，说："你还别说，我把这菜谱研究了老半天，就是琢磨不透这'少许'究竟是多少，下个胡椒粉心里都抖活。"

杜雨洁说："妈，这就是个经验。您说您教课教了这么久，'一片孤城万仞山''白发三千丈'，不都是个虚指嘛，差不离就行了。"

母亲说："真是除了教课，我啥都不会。今天去跳那广场舞，就数我笨了。混在一群老太太中间，怎么都跟不上，我也真不喜欢那曲子，吵得脑袋都疼。"

杜雨洁将一块炒老的咕噜肉，使劲儿地咬下一块，说："上回给您报个书法班，您不是嫌那老师写得还没您好不是？您腰椎不好，多活动活动有好处。谁也不认识谁，就搭个伴儿锻炼身体。"

母亲就放下碗，低了头。半晌，声音突然有些哽咽，说：

"我就想和你父亲搭个伴儿，他不是一走了之，不要我了吗？"

杜雨洁一边安慰母亲，一边知道自己又说错了话。想不说错也难，千兜万转，母亲总是能兜到这一块儿来。说到广场舞，一瞬间，她竟又想起傍晚撞见的那个人，不免有些分神。母亲这儿说了老半天，竟全都没听进去。直到问她"怎么了"，她才笑一笑，宽慰老人家，说自己好得很。

杜雨洁和聂传庆认识，实在是个偶然。那天她拜访一个熟人，去了临近的小区，出来的时候，远远地，看见几个保安在推搡一个人。她本不是个多事的人，但那天不知怎么回事，竟然就走了过去。和保安发生争执的，是个中年的男人。样貌原是本分的，但因为此时脸色通红，有些扭曲。穿着件洗得发白的灰色衬衫，在拉扯间，领口的扣子已经崩掉了。一个保安揪着他的领子，他用力要挣脱，肩膀便暴露出来，白惨惨的。他看见了杜雨洁，似乎突然觉得难堪，停止了动作，只是不间断地问："你们到底要干什么？"

好像动作激烈的哑剧。杜雨洁拿掉耳机，问保安："怎么回事？"因为是这个小区的老住户，保安们都认识她，也就很客气地说："杜小姐，这个人，在我们小区贴小单张，贴得满墙都是。上次就被人投诉，抓到一次，说了又不听，又来贴。我们不抓他，住户们就又要骂我们，说我们收了管理费不干事。我们冤不冤？"

杜雨洁捡起地上的一张单张。印刷质量不太好，字却还看得清。写着："聂老师，钢琴演奏级，7～14岁，上门教学，风雨无阻。"在单张的下方，是个很夸张的爆炸样的图框，里面是墨黑的美术字："为您打造未来之星，超越郎朗"，然后是一串手机号码。

杜雨洁拨了这个号码。有声音从男人的腰间传来，是德彪西的《月光曲》。循着声音，杜雨洁看见男人的西裤上，有一块油渍。她挂了线，对保安队长说："我认识这个人，让他走吧。"

队长迷惑地看她一眼，说："杜小姐，他可不是第一次了，下次又来，跟个狗皮膏药似的……"

杜雨洁打断他，说："我认识他。谁都有个没办法的时候，我劝劝他。如果再犯，你们就找我。"

保安走了。男人弓下腰，将地上的单张捡起来。一阵小风吹过来，有一张被吹到绿化带的冬青树上。杜雨洁从树枝上取下来，递给他。男人没有抬头，接过来，塞到口袋里。

他走了两步，扶起一辆漆色斑驳的自行车，将车龙头正了正。

"聂老师。"杜雨洁唤他。大概是本能的反应，男人"嗯"了一下，转过头。她看见他青白的脸上恍惚了一下。然后，他说："你真认识我？"声音是很厚实的男中音。

杜雨洁扬了一下手里的单张："你不谢谢我？"

男人明白过来，叹了一口气，说："斯文扫地，斯文扫地。"

杜雨洁这才注意到他的自行车是女式的。在靠近龙头的位置上，缀着一个 Hello Kitty 绒毛玩具，也已经很脏了。

杜雨洁说："你为什么老到这个小区来？"

他想了想才回答她："他们说，在这个小区住的人，平均素质比较高。"

"他们？他们是谁？"

他没有再说话，对她点点头，慢慢地推着车子，走了。身形有些佝偻。在临近大门口的时候，才上了车，蹬了几蹬远远地不见了。

晚上的时候，杜雨洁听到手机响了一下，看到一条短信：萍水相逢，谢谢你。

她笑了笑。母亲问她："笑什么，谁的？"

她摇摇头，将手边的美剧看完，然后将电话拨回去。对方的声音有些紧张。

她说："我有个朋友，在给孩子找钢琴老师。小学三年级，有二级的基础了。你给她打个电话吧，号码我发到你手机上去。"对面沉默了很久。在她准备挂断时，声音传了过来："你为什么帮我？"

杜雨洁说："喜欢音乐的，不会是太坏的人。"

这话是父亲说的。想到这里，杜雨洁起身，帮母亲收拾了碗筷。

待收拾好了，陪母亲坐下。母亲正襟危坐在酸枝椅子上。她不喜欢坐沙发，因为腰椎间盘突出，要坐硬的。

杜雨洁说："我去给你泡杯龙井。新出的雨前茶，陈叔叔送来的。"

母亲没吱声，只喃喃地说："又有人丢了，这是什么世道，老是有人丢了。"

她回过头，看电视上有张照片一闪，是张年轻的面庞。很快便切换了画面，某个城郊的豆腐渣工程被曝光，工程负责人一脸的恶形恶状。

杜雨洁接受图书馆的这份工作，算是两代人意愿的折中。那年高考落榜，她就没打算再复读，毕竟她从来没将心思放在读书上。依她年轻时的性格，很想与更多的人打交道。自己去应聘了一家涉外酒店的前台，被录取了，父母却终究没让她去。

最终还是父亲托了个老熟人，让她做了市立图书馆的管理员。毕竟是两个教授的女儿，不能"腹有诗书气自华"，天天能有油墨味熏一熏也是好的。刚去的时候，真是觉得闷。那个时候，馆藏还没有计算机联网。一天里，倒有半天整理图书卡片。要不，就一头埋在"过刊部"的故纸堆里去。有一日，眼看着一只书鱼从一本民国的旧杂志《紫罗兰》里钻了出来。

她一个机灵，一抬手将它拍死在杂志上。青绿色的污迹印在发黄的纸页上，她心里泛起一阵恶心，左右望一望，用张纸巾擦掉了。

"户枢不蠹"的道理她是懂的。她似乎从这本杂志看到了自己前程的惨淡，心一横，决定改变，就主动要求调到柜台"借还处"。长期以来，借还处都是给职员轮班，或者磨炼新人的部门。放弃了份轻松的工作，到了这么个偷不得懒的地方，在旁人看来，有些不智，但杜雨洁乐在其中。看来来往往的，都是素不相识的人，真真假假地聊上几句，也可以打发大半的时光。

渐渐地，也有了常客。一个穿着校服的高中男生，总是借各种推理小说，从横沟正史，到铁伊、劳伦斯·布洛克。他并不怎么说话，只是将书轻轻放在柜台上，办好了手续，会说一句谢谢，自己的脸先红起来，脸颊上的青春痘也成了赤红的颜色。还有一个女孩子，则很健谈，人少的时候，她就会说上许久。她是附近一家餐厅的红案配菜员，话题总是离不开厨师之间的龃龉，餐饮界互挖墙脚导致的异动。这些事情，在她的口中并不像是杯水风波，总是有些人生苍凉的意味。"到头来还不是……"这是她的口头禅。她爱借的书，是琼瑶和张小娴的小说，后来竟是全套的张爱玲。有一次，还来的一本《十八春》封面上有了油斑。另一个管理员小张就要她赔偿，小姑娘这才没有了往日的神气。杜雨洁就将同事敷衍了过去，这事就算了。女孩因此与她有了更好的交情。还有一个，是个退休的工程师，一口的烟台腔。他借的书也奇怪，多是些小县城的地方志或者是偏门极了的明清笔记，像是《白下琐言》《客座赘语》什么的。经常为了给他找书，要费许多周章。书还回来的时候，往往会包着玻璃纸的书封。问起来，他便说："书是好书，别可惜了。"说完这句，他看杜雨洁一眼，说："闺女，你是个好人。"

这天老人走了，旁边的同事小张就说，老头的眼神，不大规矩。杜雨洁就说："你这孩子，他年纪都够做你爷爷了。"

小张是个 90 后，本科读的是信息管理专业。大学扩招了几轮，毕业以后工作越发不好找，家里就想办法给她安插到了这里。不用动什么脑子，也好一边准备考研。这姑娘是有些生冷的性格，这来了一年，才算和杜雨洁熟识了些。虽然整天埋着头，却也并没有看什么考试的书籍，只是盯着手机和 iPad。电话一响，就跑到后面房间里去，打上一个小时才出来。好在杜雨洁厚道，从来不说她，总算暖了姑娘的心，能说上些体己的话。

这孩子，最近也有了烦心的事。和男朋友好好地谈着恋爱，原本是有长远的打算，一次不留神，竟怀了孕。原本两个90 后并不当一回事，说是要拿掉。临到医院，小张突然改变了主意，决定生下来，就从家里偷了户口本，跟男孩领了结婚证。两个人就要住到一起去，说是要"裸婚"。男孩家里只有个姐姐，人在国外，倒无所谓，电汇了二十万元礼金来。可姑娘家里知道了，就翻了天，说都找不到地方搁脸。

杜雨洁就说："张儿，你也得体谅下家里。家里就你一个，女儿养了这么大，不就盼着风光这么一回。"

小张就很不屑地说："杜姐，你以为我想'裸婚'？还不是一帮老头老太太难伺候。你都不知道，现在的90后有多难。个个月光族，这婚谁结得起？可到他们那儿，裸了不花他们一个子儿，说我们不孝顺，不裸又说我们啃老，进退两难。我妈那点小九九，谁又不晓得？那么多年随出去的份子钱，她不要收回来吗？我就是她的人生成本，可她不懂这是个机会成本。人生只赢不输，投资无风险，哪有这么好的事！"

杜雨洁想一想说："办婚礼说是个形式，可你想，也是对结婚双方的考验。要走一辈子的事，能多考验一次也是好的。"

小张就说："所以我这辈子，算是捐进去了。杜姐，还是你好。自己一辈子，就该自己掌握。"

听她说得老气横秋，杜雨洁忽然有些后悔那次和她短暂的交心。也是在那次交心之后，她知道自己正属于网络上常说的"剩女"这类人。十年前失败的恋爱让她的自尊心变得十分坚硬，现在可以坦然地接受自己被剩下来的事实。

这时，有人捧着一摞书走向杜雨洁。她们停止了谈话。小张又低下头看她的手机，突然"啊"了一声。

待人走了，杜雨洁问她："怎么了？"

小张看她一眼，说："副市长的女儿，鞋找到了。在卫西的城墙根底下。"

"副市长的女儿？"

"是啊。都失踪九天了。"小张把手机放在她眼前。微信新闻里有张图片，是张年轻女子的照片。不漂亮，但是面相安静。她不知为什么，觉得似曾相识，想了一会儿，记起来，母亲看电视说丢了的，正是这么个人。

聂传庆来找杜雨洁的那天，天气晴好。

因为是中午，并没有什么人来，馆里未免有些冷清。杜雨洁立在柜台前，看一束阳光打在窗口的勒杜鹃上。光柱里有细细的尘土在飞舞、起伏。微风吹过，灰尘便更换了的方向，忽疾忽缓地旋转，看得她有些入神。一条洋辣子扭动着身体，拖着丝从槐树上落了下来。杜雨洁皱了一下眉头。

这时候，有一只手伸过来，小心翼翼地，递过来两本书。一本是《中国交响乐团史》，一本是巴赫的《十二平均律曲集》，都是没什么人看的书。杜雨洁接过来，头也没抬，用探头扫了一下，说："过期三天，请交罚款六元。"那只手便递过来十元钱，杜雨洁找了四元。四枚硬币摆在台面上，脆生生地响。

"是我。"

杜雨洁听见很黏滞的男人声音，好像从喉管深处发出来的。她抬起头，看见聂传庆半低着头。稀薄的头发，因为汗水，有一两绺搭在了额头上。

"聂老师？"杜雨洁方才漠然的表情，还没有调整好。

聂传庆倒是先开了口："那天匆忙，没顾上打招呼，早就该说，要谢谢你的。那孩子，果然很灵，过了夏就能考五级了。"

杜雨洁愣了愣神，说："小事，不客气。"

男人似乎突然意识到，自己说了太多的话。他的嘴唇动了动，脸上露出羞惭的神色。他对杜雨洁点了点头，转过身，慢慢地走了。

杜雨洁看着他的背影，有些佝偻。他走出门外，忽然被猛烈的阳光模糊了轮廓，成了瘦而细长的人形。不知为什么，她叹了一口气。《十二平均律曲集》上印着巴赫的肖像，饱满的假发底下，是一张同样饱满的脸，然而眼睛，却不知给谁用蓝黑的墨水涂了瞳仁，从眼眶中浮凸出来，阴森森的。

回到家里，看见母亲抱着紫砂壶在看京戏。电视里是一出《锁麟囊》。母亲和父亲生前一向喜好不同。母亲偏爱程派，喜欢清冷。这在杜雨洁听来，总是有一股说不上来的凉意，凄惨惨的。

听到她的声音，母亲昂了一下头，眼睛又回到屏幕上，说："这个张火丁，唱得好是好，可总觉得还欠点什么。"说完，将花镜取下来，说要给她热饭。杜雨洁说："妈你坐着，我自己来。"

母亲便又坐定，说："阳台上有一煲绿豆汤，正凉着，先喝了再吃饭。这天热得人都不想动。"

杜雨洁就盛了一碗绿豆汤，喝了一口，停一停，又喝上一口。这段时间，母亲的厨艺是飞速地进步，早已过了煮茶叶蛋，壳都没敲开就下锅的阶段。可是，这煲绿豆汤，未免太好喝了。杜雨洁舀起一勺，看豆糜糯糯地流淌下来，竟然还有一粒粒的桂花，落到了碗里。

"你陈叔叔来过了，煲了绿豆汤，还给你斩了一碗海带丝，在冰箱里，你自己淋点麻油和醋。"母亲安静地说，并没有回头。

舞台上的薛湘灵，正唱道："怕流水年华春去渺，一样心情别样娇。不是我无故寻烦恼，如意珠儿手未操，啊，手未操。"

杜雨洁想，陈叔叔最近是来得勤了些。他每来一次，这家里就有些不一样，尽管这不一样都是很微小的。她也知道，因为微小，母亲才会一点点地接受。

父亲是重庆人，家里的菜，总好放上一把辣椒，点上一点辣油。父亲走后，辣椒与辣油吃完了，她与母亲都没有再买。母女俩似乎达成了某种共识，要留着这个味觉的缺口。在她是怕母亲睹物思人，母亲却恰恰用这缺口提醒自己、折磨自己。这样持续了两年。

陈叔叔是无锡人，他每来一次，就在菜里悄悄放上小半勺糖，下次便又放得多一些。不会很多，是食疗原则允许的范畴。就如同绿豆汤里的甜桂花，不多，但甜得恰到好处。

陈叔叔与父亲是不一样的人。从大学一个系读书，从同学到同事，不一样了几十年。父亲退休前，已经不在院长的位置上，但依然是威风八面，到处给人作讲座。陈叔叔退休前，却早早地作下了安排，连欢送会都没有参加，一个人跑去了西藏云游。再回来，是一张酱紫色的脸。他说把老伴儿的骨灰，一半撒在了大昭寺，一半撒在了阿里。

父亲去世的前一个月，自己心里清楚如明镜。同事来看他，他谈笑风生。周围的人，都有些不落忍，说："老院长，我们走了，您多休息。"父亲说："往后的几十年，有的是时间休息。"这时陈叔叔走进来，坐在父亲床前。父亲的脸色却肃穆下来，悄悄抓住他的手，说："你要多照顾着些。"

杜雨洁吃完了饭，电视里播地方新闻。杜雨洁看到了那个最年轻的副市长，形容憔悴。母亲说："你看，这差事可是我们老百姓能做的？丢了个闺女，还要在电视上强打精神。"

杜雨洁说："有两个星期了吧？"

母亲说："何止，半个多月了。"

杜雨洁便说："也不知还找不找得到了。"

母亲说："报上说，都找到安徽去了。我看是找不到了。"

杜雨洁沉默了一下，说："也难说。美国有个人，丢了十二年，还找到了呢。"

母亲愣了愣，口气硬了些："我看找不到。这么久，活不见人，死不见尸，你说还找得到吗？"

七月初，小张终于还是向家里妥协，办了婚礼。杜雨洁去了。看得出，这婚礼是往好里办的。小张父母看上去，都是很老实的人，脸上写着些小市民的随遇而安和逢迎，都是在这城市里生活大半辈子练就的。新郎看上去有些木，却也是好孩子，只懂笑着说"欢迎"之类的话。男方家没有人来，寥落的几个亲戚，他就显得有些势单力薄。小张便放下新娘子的矜持，紧紧地依着他，怕他被人忽略了似的。小张放弃了旗袍，因为担心显了身形。其实她是有些丰腴的姑娘，这个顾虑是多余了。穿了身新娘套装，倒实在地显出了老来，像个强干的妇人的样子。

到了婚礼中间，该闹的闹了，该哭的也哭了，新娘便扶着新郎挨桌敬酒。到了杜雨洁这一桌，小张一把拉住她，说："杜姐，你知道我现在最大的愿望是什么吗？"

不等杜雨洁回应，她便说："我最大的愿望，就是参加杜姐你的婚礼。"

杜雨洁的笑，在脸上僵住了。一桌都是同事，众目睽睽。她最终还是好脾气地说："张儿，你只管等，不知猴年马月的事了。"

小张捉住她的手："我看未必，那个叔叔，一个星期来四趟。"

杜雨洁心里动一下，看着女孩的眼睛，将手里的酒，一饮而尽。

聂传庆一个星期，跑图书馆四趟。借书，还书，再借书，再还书。借的都是很老的曲谱，肖邦的《夜曲集》封底还卡着图书馆"革委会"通红的印章。还书，书搁在柜台上，却什么话也不说，呆呆地一声"谢谢"，便走了。

有一次，来了，却说一本书丢了。杜雨洁说："那要赔偿了。"就查原价，算折旧，算出版年限，弄了老半天，一来一去，倒说了不少的话。终于算出来，原本几角钱的书，赔出了几百倍的价格。聂传庆赔了钱，人却没有走。杜雨洁便说："以后小心一些，不要再丢了。倒也不完全是钱的问题。'文革'以后，这馆里的老版书少了许多。丢一本，少一本。"

聂传庆点了点头，将已经卷上去的衬衫袖子又放下来，扣好袖子上的扣子，这才走了。

直到有天，本来一切如常。聂传庆人走了，却又回过头，看她一眼，不甘心似的。小张就老谋深算地说："姐，叔叔今天有情况。"

杜雨洁看他走出去，没过几分钟，手机响了。他发来的短信：想请你吃个饭，谢谢你。

杜雨洁迟疑了，回了他一条：谢什么！

手机又响了一下，发来了三个字：要谢的。

杜雨洁就笑了。她几乎可以想象聂传庆打出这三个字时脸上的神情。

晚上，杜雨洁洗了澡出来，听到手机响。她一边擦着头发，打开手机，手却停住了，任一滴水沿着发梢滴了下来。聂传庆发过来的地址，是这城市最有历史的一家西餐厅。

她写了一条，踌躇间，删掉了。想了想，发了一条过去。语气有些直截了当：换个地方。你正是用钱的时候。

她迅速收到了回复：就这家！

她的眼睛愣愣地盯着这个惊叹号，心里动了动。外面远处传来一些胡琴的声音，断断续续地传进她的耳朵里。仿佛来自初学的人。先是有些胆怯的，拉了几个音，絮语一般，但仍然划破了这夏夜的宁静。渐渐勇敢了些，拉成调了。不好听，但仍然有些期期艾艾的味道在其中。这时，不知哪一家厨房里，发出"刺啦"一声，是热油下锅，一阵翻炒。热闹之后，胡琴的声音，完全听不见了。

杜雨洁突然站起来，打开衣橱，却也瞥见镜子里的自己。齐膝的睡衣，领口上的一根线，曲曲折折地耷拉下来，有些丧气似的。她将衣橱里的衣服，都翻找出来，摊在床上，翻来看去，又一件件地往身上比。终于一摞一堆地搁在一旁去，难免有些惆怅。倒不是因为挑不出，而是，稍入眼些的，背后都有一段回忆。这些回忆是她自己攒下的。就像手里这件重磅真丝的衬衫，里面还镶着宽大的垫肩，是很陈旧了，也已不合时宜，但质地却是好的。她便留了下来，舍不得丢掉。

她看了看，想了想，终于还是在心里放弃了。站起来，去卫生间刷牙。再回来，却看见母亲幽灵似的，从自己房间走出来，面无表情。

然后她就看见床上搁着一件孔雀蓝的旗袍。她认识，是母亲预备和父亲结婚周年纪念时穿的。荣泰祥做的，慢工出细活。订下了，父亲却病了，走得急，而衣服竟恰是在丧礼后的那个星期给送来了。

她将旗袍捡起来，捧在手里，抚摸一下。织锦缎如同皮肤一般滑腻，一撒手，便好似在手指间流淌。她一颗颗地打开琵琶扣，很慢，如同仪式，然后慢慢地穿上。待整理好了，再看镜子里的自己，有些吃惊。她与母亲的身材相仿，倒是她更丰腴些。这旗袍出自名家之手，是懂得扬长避短的，便为她遮去了许多岁月的痕迹，有了玲珑之感，看得她竟有些恍惚。她将手放在自己胸前，禁不住托了一下。有些心悸，额头上竟出了一层薄汗。她呆呆地坐在床上，一刹那便站了起来，怕旗袍起了褶皱。她知道自己，不是将它当衣服来看待，无知觉间，这

59

已然是她的"画皮"。

第二日周末的黄昏，她穿了这旗袍出门。母亲将花镜取下来，瞥她一眼，摘掉了一朵韭菜花，很安静地说："你是长久没有对自己认真过了。"

杜雨洁走进"锦添"西餐厅，远远地已看见聂传庆。她看这男人稀薄的头发，用发蜡码得整齐，散发着浅浅的光泽。聂传庆起身，给她拉开座椅。原来他竟穿了一件燕尾服。

这隆重的装束并不合身，袖子有些长，衣领上有清晰的纹路，是未熨烫好的折痕。点了菜，又叫了一瓶红酒。他合上了菜单，看她盯着自己，便略有些不自在地说："衣服是我父亲的。他的身量比我大。"

杜雨洁连忙收敛了目光，问道："老人家高寿？"

聂传庆说："九年前去世了。他以前是市西乐团的指挥。这件衣服还是他在德国留学时买的。"

杜雨洁便笑说："这么说来，是一件文物了。"

男人未领会她的幽默，反而正色看她，说："你的衣服很好看。"

她本想自嘲，这件旗袍也出自家传，但终究没有开口，反而有些矜持地让自己坐得更端正些。

起初，两个人无非聊些日常的话题，天气时事之类的。终于聊起他的工作，他便连忙举起酒杯，向她道谢。

他说，因为她介绍的那个学生，为他带来了口碑，现在已经有三个孩子跟他学琴了。有一个初中的学生，最近还在省里举办的比赛上拿了银奖。

杜雨洁便恭喜他，一边问："教这么多学生，没有什么困难吧？"

聂传庆愣一愣，脸突然一点点地红了，口中嗫嚅道："我怎么会有困难，我教得很好的。"

她知道他误会了，以为她质疑他的能力，便说："这毕竟是个副业。"

聂传庆沉默了，然后将杯中的红酒底子喝掉了。他轻轻说："我就快转正了，在一个中学。"

杜雨洁觉出了一点尴尬，好像自己在刺探什么。她的目光就有些游离。她看见邻桌的一对老夫妇，正襟危坐，小声议论今天的头盘，似乎味道牵强。一个单身的年轻男人，正在看菜单，与女侍者的谈话间，眼神流露着暧昧。

"我离婚了。"聂传庆说。

这句话对她而言，十分突兀。她几乎不安。虽然彼此进入了微醺的状态，但她还是警惕了一下。杜雨洁想，她需要摆出一个得体的姿态，这或许是倾听的开始。

他没有在意她的反应，继续说："所以，我需要钱，我要把我儿子的抚养权从我前妻那里争回来。"

他说这些时，并没有一丝情绪起伏，神态十分松弛，仿佛在说别人的事情。

但是，一些空白还是在他们之间出现了。大约因为中国人所笃信的礼尚往来，杜雨洁评估着他的期待。她迅速地整理这近四十年的人生，看有没有一些无伤大雅的内容可以分享。

这时候，聂传庆对侍者招了下手，然后轻轻地对他耳语。

一个小提琴手出现在他们面前，浅浅地对她鞠一躬，然后开始了演奏。音乐响起来，是《勃兰登堡协奏曲》第一号。她想，他果然很喜欢巴赫，一如她的父亲。这声音，让许多人停下了手中的事情。老夫妇，年轻的男子。这首曲子不是很适合在西餐厅中出现，如此明亮，先声夺人地喧哗，将众人的耳朵叫醒了。

她笑了，心中一片轻快。她在音乐中全身而退，不禁对他刮目相看。

他们开始约会。

大约是年纪的缘故，他们的约会，并没有十分理直气壮。这一点，彼此之间有些难堪的共识。往往，他们选择的场合，也不具备显然的恋爱质地。甚至，他们为了简化在这过程中交流的必要，不自觉地走向形而上的道路。

因此，有时两人约定了去看音乐会。聂传庆先坐定了，直到开场前，杜雨洁才姗姗地来到。一直到中场休息，未有任何对话。或许第一句话是："那个吹单簧管的，简直没有吃饱。"

又比如："拉赫玛尼诺夫，哪里是人人弹得？"有时，去看画展。两个人都不太懂画，往往在一幅作品前驻足很久，心里都露着怯，但就是谁也不说话。有一次，逢着一个香港画家的个展开幕。他们站在熙攘交际的人们中间，手足无措。他额头冒着汗，一杯接一杯地喝免费的雪莉酒，突然不知哪里来的勇气，带着她从人群中杀出一条血路，走到了外面去。两个人站在大街上，舒了一口气，面面相觑。她突然大笑起来，同时问道："我们在干什么？"

他们两个，走在盛夏夜晚的大街上，感受着燥热的空气在一点点冷却。在一处巷弄，他们看到一个卖馄饨的小摊。摊主是个小姑娘，低头摆弄手机，样子并不十分殷勤。但是，她似乎有点兴奋。她坐下来，对他说，她小时候，父亲经常带她出来吃馄饨。他们叫了两碗馄饨，几串麻辣烫。她开始对他说她儿时的事情，她突然发现，童年是个有关分享的安全地带，因而说得十分具体，简直巨细靡遗。他听着，并不说话，在需要的时候笑一下。笑得很放松，带着宽容的意味。就这样，过去了好久。小姑娘突然说："叔叔阿姨，我要收摊了。"

这时他们同时沉默了，是遭受打击后的沉默。简单的称呼，将他们迅速地拉回了现实。不算友好，但是无可指摘的现实。

他说："我送你回去吧。"

杜雨洁拒绝过很多次，这次却顺从了。在停车棚里，他打开链锁，推出那辆女式的自行车。

他让她坐在车后座上，慢慢地骑，但还是带起了一阵风。条件反射般，她扯住了他的衬衫。

"抓紧。"聂传庆轻轻地说，语气却很笃定。于是，她搂住了他的腰。他加速，她便又搂紧了一些。空气里是植物休眠的气息，以及，淡淡的男人体味。她想，他们终于向前走了一步。

在一处不平整的路面上，自行车颠簸着。杜雨洁觉得自己也几乎被颠得散了架。她终于说："这辆车对你来说，太小了。"

男人说："这是她留给我唯一的东西。"

杜雨洁听到这句话，心里冰冻了一下，手无知觉地松开。但这时，自行车却又颠簸了。下意识间，她再次搂实了男人的腰。

一如既往，他会来图书馆，借书还书。在某种默契中，还是有种亲密在建立起来。

杜雨洁感觉到自己的年纪，好像泡在醋中的蛋壳，一点点地软化、破碎。一些新鲜的、柔嫩的东西，忽然间暴露在了空气中，出奇敏感。这让她有些胆怯。于是，自然地，她觉得她与这个男人间，形成了某种同盟的格局。这同盟的性质，是连她自己都尚未清晰的。但是，她的确有了期待。

聂传庆在少年宫租了一间练琴房，每个星期五用来上课。

一天，在他上课的时候，杜雨洁坐在一边，看他用跨了十二度的大手，弹奏《革命》。这手有着过于宽大的骨节与奇长的手指，与他消瘦的身形相比，几乎不成比例。在这铿锵的音乐声中，手似乎又被更为放大了一些。他弹得有些忘我，有些忽略了关于教学的精神。他的学生敬畏地看着这个男人。苍白的败顶的中年人，刚才还在以恭谨的口吻教着他们指法，这时，脸上却有了君王的表情，不可一世，独断专行。她也看到了他目光中的狠，是如此陌生，但却吸引了她。她的头上流淌着薄薄的汗，心跳在最后一个音符上戛然而止，然后在屏息中慢慢复苏。他回过头，微笑地看了她一眼，那种并不自信的、讨好的微笑。她鼓起掌，和他的学生一起。他是她的英雄。

下课后，他们在少年宫附近的大排档吃了火锅。她叫了一扎啤酒。他说他不喝啤酒，她坚持叫了。她说："你教出的学生得了奖，应该庆贺。"

在这喧嚣的、热闹而粗粝的气氛中，他们受到了一种鼓舞，喝了许多酒。杜雨洁看着眼前的男人，他脸颊上泛起了胭脂一样的红，像是粉墨登场的戏子。她不禁哈哈大笑，笑得声震寰宇。他大着舌头，夹了一片牛百叶，想要放到她的碗里，却碰翻了她面前的啤酒杯。酒水翻倒出来，恰泼在她的身上。他慌了，迅速地撕扯着桌上的卷纸，一下子全盖了上去。使的劲儿很大，一只大手，踏踏实实地捂在了她的胸前。她的脑也是木的，这时酒却醒了一半。聂传庆也愣住，手却没有移开。

半晌，才惊觉似的弹起，口中连连说着"对不起"。

杜雨洁震颤了一下，感到一些酒水沿着领口流下去，渗入了肌肤，一阵凉，却有另一种灼热的东西，沿着心口一点点地升腾上来。

他们吃完饭，夜安静了许多。他们在大街上走着，谁都没有说话。食肆与摊档都打烊了，听得见铁栅门接连拉下的声音。聂传庆口中突然响起一串音符。她好奇地看他。他笑一笑，说："这是店铺里的灯次第熄灭的声音。"

她也笑了。城市的另一边，还是一片通明。鳞次栉比间，是繁盛的霓虹，将这座城如海市蜃楼一般勾勒出来。这么近，又那么远。

两个人站定，遥遥地望过去。她终于依偎着他，看一处楼顶的夜总会，幕墙上闪动着若干抽象的男女人形，舞蹈、狂欢，不眠不休。

一些柔软而郁燥的风，吹过来，穿过衣服，收敛了毛孔。汗水黏腻在身上，无法畅快地流下来。

"太热了，真想洗个澡。"当她说完这句话，两个人都静止了，有些不安地偷眼看了一下对方，身体悄悄地分离。

在街道的拐角处，他们看见了一个小旅馆。招牌上写着"如归"。似乎刚刚装修过，门面是洁净而整齐的。大堂并不宽敞，却有一盏硕大的枝形吊灯，散发着黄色的温热的光。

他们终于还是犹豫了。她感到聂传庆的手，在她手中紧了一下。她默默捉紧了这只手，走进了旅馆。柜台里是个样貌本分的中年妇人，问他们要身份证。聂传庆愣一下，将自己的身份证递过去。妇人接过来，用很抱歉的口气说："最近查得紧。"杜雨洁终于抑制不住地将头深深地埋下去。妇人将钥匙递过来，却又从抽屉里拿出了两个锡纸包，悄悄放在杜雨洁手里。是两只安全套。她看着杜雨洁，用让人宽慰的声音说："都是同龄人，理解万岁。"

他们坐在略有些霉味的房间里，没有开灯。路灯的光线，透过窗户，浅浅地投射进来，笼在他们身上。他们安静地坐了一会儿，他终于伸出手去，但似乎又很踌躇。她看见那手的剪影，落在墙上，像一只翅膀。她慢慢将这只手，放在自己的脸上。他们终于拥抱在一起，闻得到对方身上传出的油烟与火锅汤料的味道，隐隐的辛辣。他们迅速意会到了这气味对于情欲的隐喻——不洁净，但如此沁人心脾。

他们赤裸裸地面对、抚摸，在陌生的身体寻找熟悉的印记。然而一瞬间，触到了彼此身体的松弛，都不自主地躲闪了一下。挂钟发出均匀而急促的声响，将他们推入了正题。纠缠中，她有些意外。这时候，他并不像看起来那般木讷。甚至在某些段落，他的表现像是个久经情场的老手，熟稔地攻城略地。在他进入她的时候，带了那么一点狠。她叫了一声，感觉自己的打开，原来是如此轻而易举。

第二天她醒来，发现他已经不在身边。桌上搁着一个塑料袋，里面装着豆浆与小笼包，旁边有一张字条：你睡得熟，没叫醒你。早课，先走了。早点用微波炉加热了再吃。

她洗漱过，将头发松松绾了一个髻，坐在床上，一口口地啜着豆浆，同时打开了电视。这个小旅馆，居然收得到国家地理频道。大地春醒，南极短暂的阳光。上百万只雄企鹅，浩浩荡荡地筑巢，只争朝夕，为繁衍做足准备。其中一个镜头用了航拍，在赤白色的岩滩上，无数的黑点，移动忙碌。这些密集的黑点令杜雨洁的皮肤一阵酥麻，在不适中换了台。地方台在播早间新闻，在西郊的各庄柳溪下游，发现了一具女尸，与数月前失踪的少女体貌相似，有待 DNA 鉴定结果进一步确认。

外面传来知了的叫声，聒噪急促。杜雨洁将窗帘打开，一片大亮。

晚上回家，母亲照常给她留了饭，没有说其他。

菜是可口的，只是比以往的甜又增加了几分。因为近日少在家里吃饭，这甜没有了循序渐进作基础，忽然间具有了侵犯性，对她的味蕾造成了一些微打击。

杜雨洁收拾好碗筷，想要坐下来，和母亲郑重地谈一谈。

但是，她听到客厅里"哀艾"的青衣吟唱突然停止了。她走出去，看着空荡荡的椅子。母亲已经回了房间。

　　她倚靠着沙发，一个人坐在黑暗里，不知为什么，觉得这个家倏然间有些陌生。

　　她见到这个男孩，是在半个月后。

　　对于他的安静，她并不意外，一如很多离异家庭出身的孩子。她想他会对生人有天然的警惕。

　　聂传庆选择了必胜客作为首次见面的地方。这样很好，没有太隆重，因为轻松与日常，且略带喧嚣，可以掩饰冷场的片段。

　　男孩默默咀嚼一块松露甜虾披萨，旁若无人，但是并未令人反感。令她意外的，是这孩子长相的甜美。他并不很像聂传庆。他的眉宇很开阔，尽管年幼，但面对周遭的嘈杂并无任何不自然，是既来之则安之的模样。并且，她从他的一些小动作中，看到了某些生活优越的暗示。她禁不住从他脸上的细节，揣度来自母方的基因。

　　男孩的脸颊上，沾上了一点干酪酱。她下意识地拿起纸巾，想为他擦掉。但男孩偏了一下头，躲过了她的手。他自己擦干净，并对她报以一个微笑。笑得礼貌而得体，没有一丝唐突。

　　当他们置身于夏日的游乐场时，已经是正午时分。三个人都有些狼狈地流汗。在过山车的入口处，聂传庆对男孩说：

"爸爸怕头晕,让阿姨带你去玩。"同时,将孩子的手放在杜雨洁的手中。孩子回头看了父亲一眼,默默地牵着杜雨洁的手走进去。

到底是个孩子。过山车旋转腾挪,在极大的恐惧与快乐的刺激下,他和杜雨洁一同呐喊欢叫,也在彼此的兴奋中亲近了许多。

他们出来的时候,聂传庆手上举着两只冰激凌,说:"你们再不下来,就化掉了。"在树荫底下,男孩恢复了先前的安静样子。聂传庆问他:"好不好玩儿?"男孩想了想,很认真地回答他:"阿姨很勇敢,比妈妈强多了。"

这个答案似乎是一种额外的褒奖,聂传庆眼神中闪出一些光。他会心地看着杜雨洁,笑了笑。

黄昏的时候,他们将孩子送上一辆黑色的奥迪车。她没有看清车里的人,或许是她刻意不想自己看到。

聂传庆看奥迪车远远地开走,消失。他的目光还停留在车水马龙里,喃喃地说:"他喜欢你。"

"什么?"当杜雨洁明白过来,不禁自嘲,"我?我是老妇聊发少年狂。"

聂传庆回过头,看着她的眼睛,轻轻地问:"你呢,愿意和这孩子一起过吗?"

杜雨洁需要安排聂传庆与母亲见面。这个见面不能突兀,需要足够的铺垫。每每她想与母亲开口，却因为不知从何说起而放弃。这样，竟又过去了许多时日。

周末，母亲拿着一张广告单张，对她说：“市中心开了一家很大的超市。日本空运来的蓝莓，价格只是附近水果店的一半。”她说：“好，我们去逛逛。”

超市人满为患，母女两个几乎迷失在了人群中。母亲开始抱怨，后悔自己来凑这份热闹。她说：“来了也好，赶上开张，沾沾喜气。”母亲要买的蓝莓，早已被一抢而空。母女两个随着人流，到了水产部。在卖鲢鱼的水箱前，母亲呆呆地看，说：“你爸走以后，家里好久没吃过剁椒鱼头了。除了糖醋，就是糖醋。买一条吧，我做给你吃。”母亲便戴起花镜，仔细地挑拣。

杜雨洁一时间觉得百无聊赖。就在这时，她看见了一个熟悉的身影，是聂传庆。聂传庆拎着一只购物篮，正在人群中奋力地移动着。杜雨洁张了张口，终于没有出声。她看到聂传庆走到了水产部对面的女性用品专柜，顾盼了一下，然后从架上抽下一包卫生巾，放进了购物篮里。

母亲终于挑好了一条鱼，师傅手起刀落。那鱼的身体还在拧动挣扎。血淋淋的鱼头，嘴巴翕动，眼睛却已经慢慢地浮现出死灰的颜色，望着她。

母亲用胳膊肘碰了一下还在愣神儿的杜雨洁，欣喜地说：“你看，这鱼多新鲜啊。”

杜雨洁进入聂传庆所住的小区，是在一个星期后了。事实上，她极不适合干跟踪这件事。她对于地形的记忆与判断能力欠奉，身手也不够敏捷。更重要的是，在她的潜意识里，这并不是一件很磊落的事情。这影响了她对整件计划的合理安排。然而，她决定做下去，因为她无法想象，木讷的聂传庆，如何能够将自己蒙在鼓里，且如此理直气壮。

　　她很清楚这个男人的清贫。但是，当真正确定了他的住处，还是有些吃惊。事实上，她从未涉足这里。在城市里还有这样一种地方，她听说过，叫作"城中村"。这座移民城市的原住民，在属于自己的土地上建起私房，渐成聚落。他们将这些房子租给外来的打工者，或者经济不宽裕的大学生。叫"村"的地方，并非在荒郊，而是在这城市心脏的位置，自成一统。他们以一种天然的文化顽固，与这城市的新兴和现代形成了壁垒分明的局面，彼此相安无事。但这里却并非世外桃源，因为来往人员的鱼龙混杂，个中的藏污纳垢，不足为外人道。

　　杜雨洁行走在这村落中，有些犹豫地穿行于楼与楼的间隙。为了最大化地利用土地，这些楼的间距很小，彼此之间形成了仅容一人的巷道。她闻见了某种不洁净的气味。有人在头顶上搭了竹竿，晾晒了床单，正滴滴答答地滴着水。有一滴恰巧落在她的脖子里，一阵彻心的凉。她逃似的快走了几步，却一脚踩进了一摊污水里。

72

这时却听见有人朗声大笑。在巷道的尽头，一个衣着暴露的女人，正倚着门，以挑衅而戏谑的目光看着她。女人穿着极短的皮裙，上身是一件紧身的背心。领子很低，露出了深长的乳沟。尽管妆画得很浓，但似乎并未遮住不小的年纪。女人的身后是粉色的灯光。一个旋转的招牌，上面写着"欣雅发廊"。杜雨洁没有勇气和她对视，于是咬紧了牙关，更快地走过去。她在心里狠狠地说：聂传庆，这些都是你带来的。

她远远注视着聂传庆的住处。这个出租屋似乎比周围的更为破落，或许是租金便宜。墙上的混凝土剥落，露出了内里斑驳的砖色。有好事的人，沿着砖石的轮廓，画了一些猥亵的图案。旁边有许多的文字，是他人对他想象力的褒赏。她很确定，聂传庆住在一层最右边的房间。因为每当他走进门洞，这个房间的灯便亮了。但是，窗户上总是蒙着很厚的窗帘，几乎只能看到人的剪影。她有时会看到一个男人，靠着窗子很近，过一会儿，便走开了。这是第五天了，她对这剪影已十分熟悉，并未有第二个人出现。

房间里的灯，终于灭了。杜雨洁并未转身离开，她觉得有些虚脱。这一周，每当她与聂传庆分手，便悄悄叫上一辆出租车，跟在他身后。当进入城中村，聂传庆骑着车如鱼得水，她便跟丢了。两天后，她终于成功地跟到了这里。她像一个并不精明的猎手，以兢兢业业的方式，想要成就自己的事业。她知道，自己需要的是耐心。

她看到房间的灯灭了，月光便浮现得清楚。聂传庆的女式自行车倚着墙，锁在一只消防栓上，泛着好看的蓝色。她忽然觉得，这辆车与自己有着某种隐秘的联络。想到这里，她的鼻子猛然一阵发酸。

回到家时，客厅里暗着灯。电视却热闹着，是《状元媒》里的一段二黄原板。雍容华贵的柴郡主，此时是一派小女儿态。"自那日与六郎姻缘相见，行不安坐不宁情态缠绵。"父母皆爱薛亚萍，是因她得张君秋的真传。年纪虽大了，骨子里的娇媚，却分毫未减。行腔之圆润，舞表之迭转，一气呵成，生生将一众新生的青衣与花衫比了下去。杜雨洁呆呆地看，忘记了换鞋，就这么直愣愣地站在原地。

沙发却发出皮革摩擦的响动。她听见母亲的声音："你陈叔叔给你做了酱肘子，不用热了。凉的吃得筋道。"

杜雨洁的眼睛适应了光线，才看到沙发上多了一颗花白的男人的头，紧紧挨着母亲。挨得如此之近，理直气壮。

她张了张嘴，感到唇齿间磕碰一下，终于还是将话吞咽了下去。

高跟鞋落到了地上，"啪嗒"一声响。薛亚萍一个亮相，眼神中的凛冽，划破了黑暗，在杜雨洁的心尖上轻轻一挑。

当雨大起来的时候，杜雨洁还保持着无动于衷的姿态。

这个周五聂传庆照常在少年宫上课，但杜雨洁没有去。她说她要和同事们去看图书馆系统的老干部合唱汇演。事实上，在演出进行到一半，她溜了出来。这时离聂传庆的课程结束，还有四十分钟。

她确信自己可以在这男人回家之前，等在那里，令他毫无戒备。

当她站得脚感到肿胀的时候，她看见聂传庆走进了出租屋，孤身一人。

雨大起来。在这个月朗星稀的夏夜，突然下起了雨。密集的雨点一些落在了杜雨洁头顶残破的石棉瓦上，铿锵作响，一些却打在了她身上。她走出去，站在雨里。空气中散发着尘埃落定的土腥气。脚下的积水，在她的视线里漫溢出来，混合着腐臭的、不知名的毛发，悄然涌动。她站在雨里，看着那扇蒙着厚厚的窗帘的窗户。冰冷的脸上，不知为什么，有滚热的东西流淌下来，如此不合时宜地顺着她的鼻梁、面颊、下巴，流淌下来。杜雨洁看到，那扇已经灭了灯的窗户里，重新亮了起来。

她看见聂传庆出现在门口，撑起一把伞。他快步向她走过来，拥住她，推着她走进了出租屋。

他们沉默地站着，聂传庆给她递过来一块毛巾。这男人只穿了一条短裤，露着清瘦赤白的身体。鱼白色的四角裤上有一块焦黄的污迹，在靠近裆部的位置。她埋下头，墙角里的一只拖鞋提醒了她。她的眼神游荡了一下，在这个狭小的房间里。

"为什么这么做？"她听见男人说。

楼上突然发出巨响，似乎是不懂事的孩子无来由的蹦跳。头顶的灯泡抖动一下，昏黄的光晕，在她对面墙上起伏。她将自己的声音压得很低："所以，你早就知道？"

男人点点头，给她倒了一杯热水，放在她手上。打开抽屉，抽出一支烟，点上。她并不知道他原来抽烟。他的嘴里从来没有一丝烟味，食指与中指间，没有异样的痕迹。原来他抽烟。她看见一缕蓝色的烟雾缓缓地升起，慢慢消散。

她开始呜咽。他走过来，轻轻揽住她，把她的头靠在自己身上。她的耳廓印在他的胸膛上，那里生着浅浅的细毛。一阵痒。

聂传庆拿起毛巾，擦她淋湿的头发，然后低下头，吻了一下。她听见男人的呼吸变得急促。他突然抱紧了她，几乎令她透不过气来。他拥着她，将她使劲儿推倒在身后的床上。她看着方才面目平和的他，此时的眼睛里现出猩红的颜色。他开始剥她的衣服，一边在嘴里骂着脏话。在她还未有气力表达惊异的时候，他已经以粗鲁的方式进入。

她在心里长叹了一声，接受了眼前的突如其来。在他凶狠的撞击中，她看着左右摇晃的灯泡，似乎渐被催眠。她合了一下眼睛，再睁开。光晕中出现了一个黑洞，无限制地扩张，渐

76

渐接近她。触碰了她一下，却又忽然消失，了无痕迹。男人的脸上，呈现出不可思议的表情，在享受她的包裹，同时有惧色。他的呻吟变得粗重，如同遭受了鞭打。冷战般抽搐，而后戛然而止。

一切结束，房间里的景象才在她眼前渐渐清晰。她首先看到了床边的钢琴，在这逼仄的空间里，不合情理的大与堂皇。琴凳上有几件脏衣服。她挣扎了一下，坐起来。她看到钢琴上摆着一张照片，上面是一个女人和孩子，神情亲密。这男孩她见过。女人生着洁净的额头，和孩子一样长相甜美，似曾相识。她怔怔地看，目光苍白。男人伸出长而大的手，将照片放倒，用空洞的声音说，她不配和我儿子在一起。

他将灯熄了。两个人躺在黑暗里，她不禁向靠墙的一侧挪动了一下。她揣测着身边人的轮廓，陌生而可疑。他坐起来，摸黑又点上一支烟。烟的光色在夜里面出一道优美的弧，如同萤火。

杜雨洁被一种异常的声音惊醒。她揉揉眼睛。这时是凌晨，她仿佛从窗帘缝隙中看到了一点光。她打开灯，看了看手表，发现聂传庆不在房间里。

声音又出现了。她屏息辨认，这声音断续而有规律，好像从墙角的方向发出来。开始有些怯生生的，渐而清晰，是一种持续敲击金属的声音。而杜雨洁很清楚，这是这一层的最后一个房间。声音应该不是来自邻居。

这样想着，她心里有些发毛。然而，这敲击声对她构成了吸引。她下了床，在空气中聆听，接近声音的方向。是的，是墙角。那里有一个简易的衣橱。宜家里卖的那种，铁丝架上罩着厚尼龙布，上面印着喜气洋洋的米老鼠。她走过去，试着将衣橱移动了一下。衣橱比她想象的要重一些。她使了一把力，终于搬开一角。人却静止在那里。

衣橱后，是一个半人高的洞。

非常规整的四方形，上面有一道铁栅门。这门上有新鲜的水泥的斑点，应该是装上去不久。靠近门的右下方，伸出了白铁皮的烟囱管道。门闩上挂着一把密码锁。

杜雨洁输入了这个房间的门牌号，没有反应。她并没有太多有关这个男人的数字。她犹豫了一下，准备放弃。敲击声在继续。

杜雨洁闭上眼，让自己平静下来。她终于重新输入了一组数字。锁开了。这是她与那个男孩相见的日子。聂传庆说，这一天是他儿子的生日。她慢慢打开了门。

响声停止了，四方形的洞里，隐隐地透着光。她将头探进去，有些畏缩。但几秒钟后，她将脚也伸了进去。试探间，她的脚触到了一架梯子。她沿着梯子爬下去，小心翼翼。她拿不准这梯子的长度，如同深井。在她这样想时，脚却已经踩实，落在了地面上。

她看到另一扇门，那是稀微的光源。她轻轻推开。一股强烈的湿霉味混着不知名的腥气，刺激着她的鼻腔。她同时看见了那个女孩。

一只用于野外远足的节能灯，泛着幽幽的蓝。尽管嘴巴被堵住，杜雨洁还是一眼认出，这正是近日里失踪的那个姑娘。她抬起头，看着闯入的女人，眼里有微弱而惊恐的光芒。女孩被捆绑着，戴着沉重的脚镣与手铐。脚镣的一端被锁在墙上，如果可以称之为墙的话。这是一堵被混凝土浇筑得凹凸不平的立面。女孩以很别扭的姿势，抬起胳膊，敲了敲头顶的白铁烟囱。杜雨洁知道了声音的来源，同时意识到，烟囱，是这里与上面连接的通风口。

女孩将细弱的胳膊重新缩进了肮脏的男人汗衫里。汗衫的下摆上有污秽的血迹，已经发了黑。她的下身赤裸着，一双腿异乎寻常地苍白。

这个洞穴只容一个成人半曲身体进入。杜雨洁猫下腰，走进去，脚底却滑腻地响了一下。她低下头，发现是一只避孕套。

她收回目光，心里一阵疼。她走过去，将女孩嘴里的布取了出来。女孩虚弱地看她一眼。杜雨洁说："为什么？"

女孩眼睛死灰复燃一般，闪了一下。她轻轻地说："谢谢你，我只是不想这样死。"

杜雨洁使劲儿地拉扯女孩的脚镣，但脚镣十分结实。她说："你等着，我上去拿手机，我们报警。"

在这时她听到了隐隐的钢琴曲，《水边的阿狄丽娜》。那是她的手机铃声。某次在聂传庆教课时，她录下的。

她慢慢回过头，看见男人面无表情的脸。杜雨洁仔细看着这张脸，似乎在辨别和确认，她问："为什么？"

"为什么？我也想问为什么。"男人的声音没有一丝起伏，"你说为什么，她老子好好的却要抢别人的女人，还有别人的儿子。"

杜雨洁的嘴唇抖动了一下。她突然想起，为何照片上的女人如此眼熟。她想起来了，前年的绩效改革会议，市领导视察图书馆，年轻有为的副市长——与员工握手。他旁边站着一个含笑的女人，笑容异常甜美。

聂传庆环顾四周，轻描淡写地说："这个洞我挖了整整一年，却只用了两个月，太可惜了。"

他伸出长而大的手，在墙壁上抠了一下。一些泥土落下来，发出簌簌的声响。女孩退缩着，一点点地挨近了杜雨洁，轻轻地唤一声："阿姨……"恍惚中，杜雨洁伸出手臂，想要搂住她。只一刹那，女孩迅速用胳膊环住了她的颈子，手铐的铁链，深而狠地勒进了她的皮肤。

她动弹不得。男人爬过来，将一只注射器，扎进了她的静脉。

迷离中，她听见男人以十分温存的口吻，对女孩说："这下你满意了?"

是的，她再次看到了那个黑洞，在光晕中浮现出来，扩张，渐渐靠近。黑洞触碰了她一下，这回没有再躲开，而是无穷尽地，将她深深包裹进去了。

罐

子

其实，关于我为什么要开这间士多店，镇上有各种传闻，我一直没有对人解释过，因为三言两语，并不能解释清楚。

至于我是个什么样的人，我也觉得未必需要做交代。镇上有许多像我这样的中年男人，已经过了年富力强的年纪，虽未至颓唐，但精神已不如以往。在镜子里，看到自己上移的发际线，一两星的白，我深深地吸口气，收紧自己微凸的小腹。人似乎也体面了一些。

然而，我与他们的不同之处是，我并非当地人，在这个偏僻的岭南小镇里，我的口音着实显得有些突兀。我上翘的舌头经常引起他们的耻笑。他们模仿我的腔调，与我打招呼，顺便买走一两包烟。

总体而言，他们对我算是友好。当最初的好奇过去，距离感也随之消失。观望的趣味是短暂的。他们终于会在我的店铺前坐定，点上一支烟，开始和我说镇上的家长里短。多半都是琐事，南方口音说起这些琐事来，干脆而轻碎，的确恰如其分。我坐定，袖了手听他们说，当彼此比较熟了，也有一两个以耳语的方式，放大音量向我宣布，镇东头彩婶家的新抱（儿媳），是买来的。我自然是有些惊讶。因为这个镇子虽然偏僻，但尚可称富庶，远不需要以这种方式娶亲。他们就指指自己的脑袋，解释说："彩婶的崽，傻傻的。"

入秋，来帮衬的人少了一些。夏天有买冰激凌的孩子跑来跑去，总显得热闹些。我会就着柜台看书，有人看见，就说："原来是个读书人。"我说："都是闲书。"来人就说："书就是书。如今哪有人读书？我们镇上的先生都跑出去做生意了。"我就笑一笑，用手捋一捋揉皱的衣服下摆。

我已经习惯于穿麻布衫子，镇上自产的。这种麻布非常粗硬。开始穿时，觉得浑身不舒服。但是穿久了一些，也就惯了。一个人在屋里的时候，光着身体，穿着一件麻布衫子，身体任何凸起的地方，都被粗粝地摩擦，看似自虐。这样久了，再穿上柔软一些的衣服，倒觉得周身轻松了很多。

好吧，我承认我有些怕孤独。冬天来到的时候，为了留住他们，我在铺头架起一只小灶。我在灶上坐上平底锅，浇上热油，烙我家乡的油饼。小火，热油，慢慢地烙。煎完一面，再煎另一面。撒上一把葱花，香味立时飘散出来。刷上我自己攒下的鸭油，皮薄，味足。先给孩子们吃，孩子们大口地吃了，抹抹嘴巴，一溜烟儿跑回家，将家里的大人带来了。大人吃了，说："他侉叔，还真没吃过这么好吃的饼，就一块面皮，香得赶上潮州人的蚝烙了。"我笑笑说："尽吃，管饱。"

我的铺子前于是又热闹起来了，我一面烙饼，一面听他们说家长里短、里短家长。一个孩子说要我烙一张他带回家去，他婆婆嘴馋，却腿脚不好。我说"好"，他眨眨眼睛对我说："多放葱花哦。"

后来有一天，镇长来了。来收铺租。这铺子是镇长租给我的，不过铺子不是他家的。关于这连铺两间半房的来历，没有人对我说过，我也不问。有时有人问我知不知道，我摇摇头。问的人轻轻"哦"一声，就转开了话题去。

镇长吃了我的饼，说："哎呀，当真好好食。傻佬，识不识做生意，这样的饼，是要拿来卖的，无怪乎你发不了财。本钱总要收回来，听我的，一张一元钱，我说了算。"

镇长找镇上的先生，帮我写了一块招牌，"一文饼"，就挂在铺头的房檐底下。来吃的人没有少，反而多了。毕竟谁也不把一元钱当回事。不过收起钱来，我反而觉得麻烦，我一只手烙饼，一只手淋油，没有多余的手收钱。我腾空了一个糖罐子，放在柜台上，吃饼的人，就自己把硬币投进去，"当"的一声响，很好听。

邻镇的人也来了。说是邻镇，也要翻过一座山的。来的是几个年轻人，来吃我的饼，说："大叔，翻山越岭为口饼，这就是品牌效应。"

87

光顾我的，很少有本镇的年轻人。到了过年的时候，他们却来了。他们都成群结队地在外面打工，去北方，或者更南的南方。他们回来，饶有兴趣地打量我，像当初的镇民一样。他们吃着饼，卷起舌头问我："侉叔，你是不是北京人？"不知道什么时候我有了一个绰号叫"侉叔"，后来才知道，他们称北方人叫"侉子"，正如我们北方人叫他们"蛮子"。我说不是，他们有些失望。他们说："北京多好啊。我看你也不是。北京那么好，你怎么会来我们这里？"

虽然是南方，冬天的夜还是很冷的。只是没有家乡的雪。我一个人坐在屋子里，看着外面。没有雪，还是冬天的样子。灰扑扑的，树和树的影子，都不精神了。南方的冬天，是湿润的冷。不爽利，冷在了骨子里，说不出来的滋味。

我给自己包了一碗饺子，慢慢地吃着。煮一点，吃一点，就着醋和大蒜头。

我看了看日历，年初三了啊。

初三，为什么镇上这样冷清和安静呢？大年初一，镇长请了一支舞狮队来，在镇上挨家串户地走了一圈。到了我的铺头跟前，已经没精打采的了，像是头睡不醒的狮子。我给他们封了包利是，他们才打起精神来，舞弄了几下。镇长说："好了，好了，就是图个吉利。你们北方也有舞狮子，好歹解解乡愁。"

我们北方也有狮子，倒不是这样的。我们北方的狮子，没有这么大，也没有这么花花绿绿。我们的狮子，不会眨眼睛，舔毛搔痒，摇头摆尾。但我们的狮子勇猛，舞蹈如战斗。我们的狮子，是胡人传过来的，头上顶了一只角，是不可近人的神兽。小时候，过年赶庙会，就为了看舞狮。那时节的庙会，多热闹啊，好吃、好玩儿、好看。捏面人的，烙花馍的，变戏法的。那时的好玩儿，如今的孩子哪里看得到啊！

我揭开了锅，舀了一碗下饺子的面汤，就着碗，咕咚咕咚喝下去。这也是我们北方人的老讲究，姥姥说得好，叫"原汤化原食"。

外头不知怎么，淅淅沥沥地下起了雨。南方冬天少雨，不过也不爽利，下起来，少说也得个三五天。我靠着窗子，闭起眼睛养起了神，听雨打在败叶上的声音。窸窸窣窣，窸窸窣窣。

忽然，我听到一阵声音，眼皮抖动一下。那声音怯怯的，是脚步声，到了门口。是一个人，站到了我的门口，再没有声音。我站起来，打开了门。

门外站着一个人，抬起头，夜色里是一张不干净的脸。就着灯光，我看见是个半大孩子。男孩子，寸把长的头发，几乎遮住了眼睛。雨水正从湿漉漉的头发上滴下来，顺着脸颊往下淌，在灯底下泛着苍白的光。衣服穿得单薄，也打湿了。

他看着我，开了口，说："一文饼?"

我点点头，本想说，过年不开张。这时候，他打了个喷嚏，于是我说："进来吧。"

我从锅里舀了一碗饺子汤，说："对不住，饺子刚吃完，先喝碗汤暖暖吧。我给你烙饼。"

他端起碗，咕咚咕咚地喝下去。看来是渴坏了。

我开了炉子，将小鏊洗一洗，坐上。我和面，揉面，摊饼。切葱花时，油已经在锅里嗞嗞地响。我回过头，那孩子端正地坐着，眼睛却呆呆地望着窗子的方向。饼上起了泡，发出焦香味。我刷上鸭油，撒了葱花。这香味更为浓郁了。

我烙好了一张饼，起锅，说："得嘞，帮手去橱子里拿只碟子。"

没有人应声。我转过脸，看那孩子已经趴在炕桌上睡着了。炕桌是我自己打的，我嫌矮，他趴着却正好。

我走过去，拾了件衣裳给他披上，接着烙饼。烙了五张，都放在碟子里摞着。他还睡着，在灯底下，脸色好了一些。忽然，他身体轻轻抖了一下，嘴角翕动，似乎睡得很沉。灯光在他脸上，是毛茸茸的一层轮廓，这是个清秀的孩子。

我挨着床沿坐下，也觉得困了，迷迷糊糊睡过去了。

我醒过来，天已经大亮。我看见床上整整齐齐地叠着衣服，碟子空了，五张饼都没有了。碟子上还有一些细碎的渣子，我发着呆，拈起渣子放在嘴里，嚼一嚼，有焦香的味道，还有点过夜的苦和涩。

90

初五那天，我开了张。自然没有什么生意，偶尔有几个外出打工的年轻人，经过铺头，买包烟，说："侉叔，走了。"

到了天擦黑的时候，我就想打烊了。这时候，却见远远的有人走过来，将一张五元的钞票放在柜台上。我一看，是那孩子。

他说："我来还你钱。"

他的声音清细，但我终于还是听出了他的外乡人口音。在这里待得时间长了，多少也分辨得出。

我把钱收下。他站在柜台前，没有走。

我说："你来串亲戚？是哪家的？"

他摇摇头。

我说："没有地方去？"

他点点头。

这时候天上响起一声雷。还没开春，这雷打得很蹊跷，眼见着，雨又下来了。我皱皱眉头，说："进来坐吧。"

他就跟我进来了。自己搬了条板凳坐下来。

雨淅淅沥沥地下开了。雨势还不小，打在屋檐上噼里啪啦乱响。

我也坐下来，点上一支烟。让给他一支，他犹豫了一下，点上火。我说："悠着点抽，我这是北方的土烟，味道可冲了。"话音刚落，他已经咳嗽起来，我看他咳得脸也涨红了，上气不接下气。

我哈哈地笑起来，我说："看你那手势，就知道没抽惯。"

我把他手里的烟接过来，一并叼在自己嘴上，说："男人一辈子长得很，先开个头，留着将来慢慢抽。"

待咳嗽慢慢平息下来，他也没有说话，抬起眼睛在屋子里打量，目光落在我桌上的书上。这本《笑傲江湖》已经被我翻得有些破旧了。

我笑笑说："读过？"

他点点头。

我想了想，问："那你说说，这书里你最喜欢谁？"

他不假思索道："任盈盈。"

我顿时来了兴致，说："倒不是令狐冲？"

他没再出声。过一会儿，抬起头来，说："我没地方去，你能给我个活儿干吗？"

我一时有些吃惊。再看他，眼眸里并没有一丝怯，也没有玩笑的意思，是想好了说的话。

我说："你这个年纪，要么读书，要么正是出去打工的好时候，留在这里有什么出息？"

他一咬嘴唇道："人各有志。"

我说："你该看出来，我这间小铺，是一人吃饱，全家不饿。我没有多余的活儿，也养不起闲人。"

这孩子说："你怎么就知道我是个闲人？"

我眯起眼睛，说："是，我还不知道你的底细。你倒是会做什么?"

他说:"我会做白案。"

我说:"白案?"

他点点头:"我帮你揉面,摊饼。我还会包云吞,整叉烧包。"

我笑笑说:"我这是个杂货铺,小本生意。"

他说:"谁不想赚钱呢?你管我吃住就行。"

我看他很认真的脸,不知为什么,觉得有些喜欢他了。我说:"罢了罢了,看你本事吧。三天开不了张,你卷铺盖走人。"

夜里,我在杂货间给他搭了个行军床。

我拿了身麻布的睡衣给他,说:"把身上的衣服换下来吧,挺大味儿。"

他不动弹。我搁下衣服,走了。

我转过身,听到后面窸窸窣窣换衣服的声音。我想:这小子,还知道害羞。

"叔。"我听到他喊我。

"怎么?"我问。

"我叫小易。"他说,"容易的易。"

第二日,天擦亮。我听到外面一阵响,像是什么倒了下来。我赶紧出去,看见柜台旁的灶披间,一阵阵地往外坱灰。

93

小易一边咳嗽，一边又搬出了一个大纸箱子。

我冷眼看了一会儿，问："这是干吗？"

小易没有抬头，手一扬，说："没有地方，怎么做白案？叔，给我搭把手。"

这个灶披间，我其实没有怎么进去过。打接下这爿铺子，便一直由它闲着。没想到，小小一间房子里竟有这么多东西。一箱箱的空酒瓶子，包装袋，几串已经发了霉的花椒和银耳。最多的，是一摞摞的卷标，各种卷标，从淘大酱油到"剑南春"。我皱了一下眉头，说："看来这铺头原先的东主，不是什么老实人。"

小易抿一下嘴，没有说话，将那些标签扫进了垃圾桶。

待爷俩收拾得差不多，天已经大亮。小易留下了一张条案，几条板凳。凳子有几只朽了，缺了腿。小易说："叔，你会不会木工活？"

我说："小事。我后生时候，名号叫'赛鲁班'。"

天公作美，下了几天的雨，今儿竟然有了大太阳。小易和我将条案抬到太阳地里晒。

小易骑着我进货的小三轮儿出去了。他个子矮，蹬得有些吃力。我想，这孩子，人看着瘦小，倒真是个干家子。

我叼一根烟，将我打柜台的那套家什收拾出来，斧钺刀

94

叉，倒也齐全。天儿好，没刨几下，出了一身汗。

有人路过，问说："傄叔，年都没过完，忙什么呢？"

我嘴里一根烟，手里不闲着，没空搭理他们，就笑一笑。

旁边年轻的就说："傄叔想要拓展业务呢。"

我将条案刨平整了。拾掇了几只板凳。油漆也拿出来。刷绿色，清爽些。想一想，还是刷层清漆吧。

小易回来的时候，是后晌午了。灰头土脸的一个人，眼睛却格外亮。小易浅浅地笑说："叔。"

我说："小子，我看你买了些啥？"

车上琳琅一片，有白案的家伙什。案板、擀面杖、笊篱，还有一只饼模子。我说："好嘛！我一只手、一只灶的事，你整出了这么一大伙子来。"

"工欲善其事，必先利其器。"小易说。

"啥？小子，你读的书看来不少。叔听不明白了。"

我摆摆手，帮他拾掇车上的东西。一袋面粉、一大块精肉、一大块肥膘、几棵大白菜、茴香、一瓶"八大味"。我说："我给你那几个钱，你还真能置办。"

小易说："都是下到明镜村里买的，肉是跟李屠户现割的，白菜疙瘩是杜阿婆藏在窖里的过冬菜。半买半送，你人缘好。"

我说："他们倒是都认你的账？"

小易低了头，半晌，说："我说我是你的远房侄儿。叔，你不怪我吧？"

我看看这孩子，不知怎的，心头莫名地一软。我没等他解释，自己先把话绕了过去。

我说："好，我在这儿住了这么久，人都认不完全，倒给你做了大旗。"

小易从车上捧下一个陶罐子，摆在我刚刷了清漆的桌子上。我说："嘿，没干呢。"小易赶紧捧起来，罐子底已经在桌子上印了一个圆印子。我一阵疼惜，说："匠人最怕留瑕，你毁了我的手艺。"

小易无措，末了却小心翼翼将罐子又摆在那个圆印子上，说："往后这印子专为摆这罐子。"

我叹口气，端详那罐子，不像个新东西。彩陶的坯子，黑釉上得粗，颜色都渗了出来。还是能囫囵看出人和动物的形状来，沿口上有层油腻。我揭开坛子盖。小易忽然伸出手，挡住我，我还是闻见一股尘土味。

我说："哪里弄了个古董来？"

他不看我，用一层油纸将罐口封起来。

这天夜里，我睡得很沉。我这人是看家睡，稍有动静就会醒来。这天睡得却很沉。可能是许久没有干体力活了。我甚至做了梦，梦见了年轻时候的事，迷迷糊糊的，都是些以前的人和事。

凌晨，我在一阵香味中醒来。这香味奇异极了，丰腴的油脂的气息，混着浓烈的中药味，刺激了我的鼻腔，生生将我从梦里拉了出来。

我披了衣服起来，看见小易单薄的背影。他坐在灶披间里，眼前蹲着炉子，炉子上坐着那只罐子。天还暗着，微微的火光照在他脸上，显得他脸色更苍白了。那奇异的香味，正是从陶罐里飘出的。小易埋着头，正用剪刀细细剪着什么东西。我走过去，看板凳上搁着一只扁筐，筐里整齐地摆着包好的馄饨。在岭南叫作云吞。模样很精致，一行行地码着，像含苞的芍药。

小易唤我："叔。"

我说："这是你包的?"

小易耸一下肩膀，揉了揉，说："嗯，忙了整个后半夜。"

我说："看不出，包得真不赖。"

小易说："等天亮了，就能开张了。"

他手却没有停，我看那剪刀细密地剪过去，是一些橘黄的干草。小易剪成手指长短，便小心地打开罐子，投进去。

我问："你在做什么?"

小易没有抬头，又细细地剪，答我："请来的老卤，将来的锅底汤，就全指望它了。"

我还想问什么。小易说："天还早，叔，你去睡个回笼

97

觉吧。"

清早，我睁开眼，看小易清爽爽的一双眸子，正对着我。这孩子没怎么睡，眼睛却亮得很。他捧着一只碗，说："叔，尝尝。"

碗里清的汤，很香。是方才的香气，药味却滤了，香得爽利。里面卧着几只小馄饨。我掂起勺子，舀起一只，搁在嘴里。还未嚼，那薄薄的馄饨皮，竟在舌头上化了。轻轻的碱水味，也是香的。粉红的馅子有一点子甜，又有一点子涩，可味儿却说不上地馋人。囫囵吞下去，在嗓子眼儿里滚了下，嘴里空荡荡的。我呆了一下，赶紧舀起另一个。停不住似的，一碗下了肚。又把汤喝了个干干净净。

小易问："好吃不?"

我抹了下嘴，说："小易，你这是跟谁学的?"

小易热切的眼睛里，光有些暗下去，说："俺娘。"

我说："你娘人呢?"

他接过碗，口气却清淡了，说："死了。"

我也噎住了。这孩子站起身，只问我："叔，你看咱能开张了不?"

我愣了愣，使劲儿点点头。

好东西，自然都有个说头。

小易的云吞，随我的饼。也就三四天的工夫，在这镇子里，就算传开了。

来的人，都听说我的侄子来了，又得了个厨子。吃了一碗，禁不住似的，又吃了一碗，说这灶台上的味道，缠住了人的腿脚。说："没看出来，侉叔，你们北方佬，倒一家都是好手艺。"容婆婆眯起眼睛，说："侉叔，这孩子生得靓，围上了围裙，倒好像个小媳妇儿。"

我看小易，脸色给炉火熏得红红的，精神得很。

到傍晚的时候，镇长来了，手里捏着一张纸，说："我是不请自来。刚从县里开会回来，就有人塞给我这个。"

我接过来看，上头写着几行字：侉叔一文饼，云吞任我行。要知此中味，听朝士多见。

我扑哧笑了。这字方头方脑的，该是出自小易的手。我说："前面的韵押得好，最后一句破了功。"

镇长说："你侄儿倒是怎么寻了来？村里都说这孩子能干，这宣传做的，有水平。话是话，我还没见过你这新厨子。"

我朝里面喊："小易。"

小易没出来。我又喊了一嗓子。孩子从里面走出来，手里捧着一只碗，放在镇长跟前，不言语。

我说："这孩子，不知道喊人。刚才还好好的，不出趟儿。"

镇长说："孩子怕丑，莫勉强。谁叫我是个官儿，多少怕人的。"

小易这时却开了腔，说："镇长也算个官儿？"

镇长一愣。我也一愣，斥他："回屋去。"

镇长干笑，舀起一勺馄饨，放到嘴里，刚想和我说什么，突然，眼神直了一下，稀里呼噜，一碗馄饨下了肚。

他头上渗出薄薄的汗，轻舒一口气，说："看不出，这孩子愣头青，倒整得一手好云吞啊。"

我说："蒙您不嫌弃。"

镇长说："云吞也该有个名堂，算给你的'一文饼'做个伴儿。"

他盯着手里的勺子，说："刚才，我就是被这一汤匙的味道给惊着了。就叫'一匙鲜'吧。"

我心说：好。

小易出来了，将镇长面前的碗收走了。又抹了抹桌子，眼睛也不抬一下。

镇长倒笑了："孩子不怎么待见我。我却觉得他面善，在哪儿见过似的。"

我心里忖了一下，嬉笑说："您能不面善吗？亲侄儿，长得随我。您老人家，跟他叔可脸熟着呢。"

镇长走了，我走进屋，看见小易正将汤里的药包取出来，沥干净。他将锅里的汤，小心翼翼地倒进罐子里。不声不响，唯有黏稠的汤汁灌入的咕咚咕咚的声音。

"灌老卤?"

"嗯。"小易轻轻回答。

灯影里，那只陶罐，这时透着幽幽的光，原本凹凸的表面似乎被笼了一层青色的釉，轮廓看起来有些发虚。

我说："这罐子看着污，换一只吧。"

小易沉默了一下，闷声说："不换。"

夜里，我铺开过年写春联剩下的纸，就着灯，饱饱地蘸了墨，写下"一文饼，一匙鲜"六个大字。

小易走过来，看了半晌，说："叔在写招牌?"

我问："小易，叔写得好不好?"

他又细细地看，说："叔写得好，欧体。"

我心里一颤，说："就你那手方块字，倒识得欧体。"

小易不说话了。过一会儿，拿抹布将我手边上的一点墨迹轻轻擦了，说："没吃过猪肉，还没见过猪跑吗?"

我便说："小易，叔教你写大字，乐意学吗?"

小易说："那敢情好。"

我便教他写，手把着手。小易的手指，细长长的，葱段似的，泛着清白的光。我教他执笔、悬腕，看他写下自己的名字——小易。

仍是方头方脑的方块字。

可是，我却看出来，他执笔的手势，不是初学书法的人的。那最后一撇收束的力道，被他收住了。这孩子会写字，是个练家子。

我不动声色，只看他写，看他敛声屏气，努力地将名字写成中规中矩的方块字。

我问："小易，你是哪儿人？"

他停住手，手指有不易察觉的抖动。小易说："江湖飘零，叔问这个做什么？"

我说："小易生得是南方人的样子，口音里，却有侉腔，叔好奇。"

小易问："叔是哪里人？"

我说："叔是陕西西安人。"

小易说："我离叔不远，绥德人。"

我点点头，说："米脂的婆姨绥德的汉，小易长大了，也是条好汉。你们那地方的人，都生就一双骨碌碌的毛眼眼，叔信。"

小易抬起头，望望我，又望望外头密成一片的漆黑夜色，说："老乡出门三家亲，小易是叔的侄儿，不假了。"

一文饼，一匙鲜。叔侄二人，在这镇子上有了名堂。

久了，也就知道，小易不是多话的人，人却真是勤快。话都在忙忙碌碌的动静里。镇上的人，都欢喜他，欢喜他没声响的笑，欢喜他的眼力见儿。

102

镇上人的口味，他一清二楚。谁来了，他打眼一瞅，多搁上一勺子花椒辣油，多撒上一把葱花。谁来了，便嘱我将饼煎得硬些，有咬头些。容婆婆来了，他搀她坐下来。从冰箱里拿出一盘茴香馅的云吞，是容婆婆爱吃的。茴香在蒸笼上蒸过，只因为婆婆牙口不好。

镇长来了，小易照顾得也周到，人却淡淡的。

小易在这儿，我便没有洗过衣服。也没套过被褥，不声不响，他就全都做好了。

干完了活，晚上在灯影底下，照我交代的，写大字。写得渐有了模样。他每天都进步一点，不算快，是克制着自己的进步。

我轻轻笑。

我看着整整齐齐的一间屋子。不知怎的，忽然有了家的感觉。我什么也不说。只想起曾经自己也有一个家，婆姨孩子热炕头，那是什么时候的事了。

我笑一笑，点上一支烟。对着小易的背影，挥一下手，将眼前的烟雾，混着回忆赶走了。

这一天打烊，我眯眼睛歇着，只听见厨房里"哐当"一声。起身过去，看见铁锅斜在灶台上，小易摔倒在地。脸色煞白，豆大的汗珠从脸颊上滚下来。

我一惊，要扶他。他却摆摆手，不肯起来。我哪里肯听他的。一把将他抱起来，只觉得胳膊肘上黏黏地潮。低头一看，是殷红的血。小易穿了条蓝色的裤子，这血像条青紫色的蚯蚓，爬到他的裤管，滴下来。

我一时无措。我抱紧了他，要往外跑，去镇上的卫生院。

小易一把抓住了门框子，小小的人，虚白着脸，不知哪里来的这么大劲儿。小易说："叔，我不去。你让我回屋歇，歇歇就好了。"

我把他抱到杂物间，看见那张干净的行军床，愣了愣。我伸出手，想把他沾血的裤子脱下来。小易紧紧揪住自己的裤腰，他哆嗦着嘴唇，说："叔，让我自己来。"

声音颤抖，尖锐得发哑，几乎像是哀求。

杂物间光线昏暗，我还是看见他发白的脸上，那双眼睛一点点暗下去。

我只觉得自己的心，刚才还跳得猛，这时候，也在缓慢地黯下去、凉下去。

我轻轻放下他，走出去，将门带上了。

小易再走到我面前，仍是干干净净的一个人。

"叔。"他唤我。

我没应。

他说："没事，老毛病了。过了就好。"

104

我沉默，闷声说："怕是女娃子的毛病。"

我抬起头，看见小易的眼睛，没有内容。不怨不怒，不嗔不喜。

但是，我看出眼前的这个人，却已经将身心松弛了下来，那份少年的坚硬和鲁莽，褪去了。站在眼前的这个人，是柔软的，甚至软弱的。

她说："叔，我不是个坏人。"

我跌坐在门前的长条凳上，想要点上一支烟。手却抖得燃不起火柴。小易走过来，将火柴擦亮，点上了。我看她一眼，将烟掷在地上。

我说："你不是坏人，我是。你不怕?"

小易坐在门边上。她说："人坏不坏，只有自己知道。"

我苦笑，说："蹲过号子的，还不是坏人?"

小易将胳膊屈起来，将脸埋在臂弯里。我只听见她的声音，她说："叔收留我，不是坏人。我欺瞒叔，是不仁不义。"

这声音，是好听的女娃的声，轻细地，在我耳朵边上一荡。我肩头一软，伸出手，想摸摸她的头。只一瞬，又收了回来。

半晌，我站起身，走到屋里，打开五斗橱翻找。

我终于将那张纸放在她面前。

我的刑满释放证。

我瓮着声音说："信了？你还不走？"

小易并没有看，她只问："叔犯的是什么事？"

我说："贪污，受贿。"

小易抬起头，看着我的眼睛，说："上头贪，你不敢不贪；领导收，你不敢不收。"

我心里一惊，眼前风驰电掣，是妻子的脸。她看着我，在《离婚协议书》上签了字。冰冷的声音，甩过来：你这辈子，就毁在一个"窝囊"上，你就是个窝囊废。

离吧。离了婚，儿子就少了个贪污犯的父亲。儿子过了夏天，就该上高中了吧？也不知道模拟考试结果怎么样。想必不会差，儿子不窝囊，不随我，随他妈。儿子奥数比赛全省一等奖，儿子测向比赛全国冠军。省重点中学加分，没有上不成的道理。

我是个窝囊废，我一个侉佬，这么远来到这个没人知道的岭南小镇。我不会再影响任何人的生活。我窝囊，就让我一个人窝囊下去吧。

"叔。"小易说。

我颓然睁开了眼睛，看着这个陌生的年轻女人。就在刚才，她看穿了我。

"叔。"她将那张释放证折叠好，放在我手里。她说："都是过去的事了。这世上，先谁都有个不情愿，后谁都有个不甘心。"

我说："我对自己的事，是甘心情愿。你走吧。"

她站起来，眼神灼灼的。她说："叔，赶我走，是因为我不仁义？"

我摇摇头。

小易说："那我不甘心，也不情愿。我要留下来。"

我看着她，只觉得一阵恍惚。

我说："随你吧。"

我和小易，仍然生活在同一屋檐下。她扮我的侄儿，我扮她的叔。

我们形成了某种默契，谁也不去触碰谁的心事与来历。热闹了一天过后，打烊。沙沙洗锅子的声音，咕嘟咕嘟灌老卤的声音。在黄昏里，夕阳的光铺展进来，将这年轻女人的轮廓投射在墙上。让人有错觉，这生活是静好的。

我知道是错觉，惯性而已。

收拾完了，她依然坐在灯底下，临我的那本《九成宫碑》。

一笔一画，那字写得很成样子了。或者原本就写得这样好。

我合上眼睛，什么都不想，什么都不看。

再睁开，小易已经转过身来，忧愁地看着我，也不知看了多久。小易说："叔，我在报纸上看了个字谜，给叔猜。"

我说："叔脑子笨，打小就不会猜字谜。"

小易说："这个好猜。叫 AOP。"

我说："AOP，听起来像是美国佬的情报组织，CIA，FBI。"

小易说："是个成语。"

我想想，说："猜不出。"

小易就执了毛笔，在纸上先写了个 A，底下写了个 O，再写了个 P。

我一看，是个"命"字。

我说："这谜倒新鲜，中西合璧。命中注定?"

小易摇摇头，轻轻地说："相依为命。"

我脸上的笑凝住了，不知被什么击打了一下，眼底泛出一阵酸。我侧过脸，不让小易看见。我瞧着夜色里，我写的招牌，在微风中慢慢地转过来，又转过去。

相依为命。

一文饼，一匙鲜。

小易说："叔，人一辈子就一条命。自己也是一条，偎着别人也是一条。"

我不说话。

小易说："叔，你问我为啥喜欢任盈盈。因为她不信自己的命。"

我不说话。

小易说："叔，你说，人为啥活着？"

我说："为了有个奔头。"

小易问："叔有奔头吗？"

我说："叔没有奔头了。"

小易问："那叔为啥活着？"

我翻开手掌，搓一搓，看自己的掌纹，曲曲折折地分着叉。我说："就为了活着。"

小易说："叔，我给你唱首歌吧。"

我说："你们年轻人的歌，叔听不懂。"

小易说："这一首，叔保证听得懂。"

她就将身体端正一些，开始唱。

我听懂了，的确懂。她唱出来的是：洪湖水呀，浪呀嘛浪打浪，洪湖岸边是呀嘛是家乡。

这歌从年轻的口中流泻出来，竟未有一丝突兀。开始唱这歌时，她的脸上有一种肃穆的表情，眸子里有莫名的坚定。声音也是坚硬的，字正腔圆，由齿间倾出。但渐渐地，她松弛下来。歌声也柔软了，目光也有些虚了。这歌并不是唱给我听的，是唱给一个很遥远的人听的。或许，是一个遥远的人在唱，不过借了这年轻的声音，宣之于口。我合上眼，体会到其中的陌生。再次睁开，我看着她，一丝略微不适，稍纵即逝。那眼神已经散了，不是她，不是小易。是那种经历了世故的女人才有的，眼神中的一点风尘。

我站起来，有些粗暴地说："行了。"

"人人都说天堂美。"是这一句，这久远的歌，我还记得，电视上郭兰英抬起了粗短的胳膊，脸上挂着和她的年纪有些脱节的娇俏表情。那是什么时候的事了？青年时对女人的遐想，如此轻易。

小易在"堂"上戛然停住。她站起来，又恢复了有些拘谨的样子，让我稍稍松了口气。

隔了一会儿，小易问我："叔，我唱得不好？"

我犹豫了一下，说："好，唱得好。"

小易没有再当着我的面唱歌。然而，这是一个开始。有时她在厨房里、在杂物间，我都能听到轻轻地哼唱的声音。没有词，那些旋律太耳熟能详，都是极老的歌曲，往往是铿锵的，是那个时代的铿锵。但是，被她哼唱得慵懒而圆融，甚至，有一点淡淡的放纵。

我让自己走远，同时感受到了，身体内的膨胀，久违的膨胀。在未及消退时，我被自己暗暗诅咒。

但是，下一次，我又会听，似乎生怕错过。我开始惯常于循声而至，并且原谅了自己。

在人前，小易似乎不如以前活泼了，也不及以往体贴。她克制得很好，将一个少年的心不在焉，表演得恰到好处。人们打趣说："小易，才多大，被镇上的哪朵花勾了魂？"小易敷衍地对他们笑，包云吞的手快了些。

然而，有一天黄昏，镇长坐了下来。我正想让小易招呼，看见小易站在角落里，微微皱起眉头，目光忽然凝聚，在镇长脸上逗留了一下。她手里，将脱下的围裙，攥成了一团。镇长抬起头，想和我寒暄。我刚要应声，他却和小易的目光撞上。只一刹那。

小易退缩了一下，回了厨房。

我嬉笑地说："嗨，这孩子，还是怕官。"

镇长嘴角冷了一下，也笑，说："我看不是怕官，是怕我。"

晚上，小易就着灯，擦她那只罐子。她哼着一首旋律，是《东方红》。罐子依然那么旧，发着污，在灯底下，笼着微微的青光，像上了一层釉。小易将它搁在那个浅浅的油漆印子里，眯着眼睛看。

照例，这时候她应该临我的那本《九成宫碑》。

我在桌上翻开，报纸上，工工整整的"楷书极则"，写得比我好。

我呆呆地望着那字。

"叔，我满师了。"她没有抬头。

"小易。"我说。

"嗯？"小易将那罐子郑重地挪动了一下，擦另一面。

我说："没事。"

过了一会儿，小易坐到我的身边来，说："叔，我临得最好的，是赵孟頫。"

我说："谁教的?"

小易说："我爹。"

我说："你爹?"

小易说："嗯，我爹。我爹写《胆巴碑》，没有人比得过。爹会说俄语，唱《莫斯科郊外的晚上》。"

我说："你爹念旧。"

小易说："第一批留苏的工科生，谁不会唱?"

我猛然回过头。灯光暗淡了一下，窗外一只夜鸟飞过，在小易面颊上投下浓重的影。她的脸色青白，有淡淡的憧憬。

春困秋乏，黄昏的太阳底下，我慢慢收拾厨房的家什。捡到一张纸，渍着浮浅的油腻，还辨得出，上面是方头方脑的"侉叔一文饼"。

这时候，镇长走过来，说："侉佬，不开张?"

我说："你来了，我就开张。"

我抬头，看他左右端详。他问："小易呢?"

我说："去买菜。"

镇长靠近点，压低了声音问："你这侄子，有身份证吗?"

我心头微微一动，佯作不快，说："亲侄子，你是信不过我？"

镇长愣一愣，看着我说："不是，我是想，海华他儿不是在城里做生意嘛，建材生意，做大了，人手不够。我看小易识文断字，不如去帮帮他。男孩子，局在家里有什么出息。"

这话说完，他干咳一下，说："他不比你，你已经老了。"

晚上，我就对小易说了。小易似乎并不吃惊，只是说："叔，我该走了。"

我说："你要去哪里？"

小易摇摇头，笑一笑说："你没问过我从哪里来。"

我说："你如果从我这里走，我就要问了。"

小易说："叔，我临走前，想摆一桌宴。"

我点点头，问："请谁？"

小易说："我拟个单子。"

她便抽出一张纸，埋下头写。我看到她脖子里，有细细的绒毛，在发尾打着旋。我的心里动了动，只是动了动。

我看见那单子上，又是方头方脑的字了。

净是镇上一些叔伯的名字，有些我打的照面少，不熟。

我说："海华伯你也请了，真去帮他儿子？"

小易笑："我不认识他儿，我认识他。"

我说:"你是认识他,他哪天不来吃上两碗云吞。加上三勺辣子。"

我又看见一个名字,说:"阿翔腿脚不好,就来过一回,你也请?"

小易说:"就来过一回,我才记挂。"

我看到镇长的名字,说:"你又不怕官了?"

小易说:"我怠慢了他,请他,给他赔不是。"

我点头,说:"也好。好聚好散。"

小易就着灯,将单子又看了看,递给我,说:"叔,你去请。"

我说:"你摆宴,我请?"

小易默然,然后说:"叔请,他们肯来。"

第二天,我就去请。都愿意来。

有的稍有些意外,也愿意来。

小易将厨房里的碗盏、炖锅都拿出来。发蹄筋,卤猪手,吊高汤。

我远远坐着,插不上手。我点起一支烟。我说:"小易,以为你只会做白案,你对叔留了一手。"

小易舀起一勺汤,凑到我嘴边,说:"叔,帮着尝尝,鲜不鲜?"

我说："鲜掉眉毛。"

小易说："我娘炖的汤，头发也要鲜掉。"

夜深了，小易还在忙。我问小易："这几个老的，值当这么大的阵仗?"

小易将一棵梅菜摘开，轻轻说，让他们吃饱。

我说："小易，真的要走了?"

小易说："走了。"

她又笑一笑，问："叔跟不跟小易走?"

这笑和以往的笑不同，有些妩媚，眼角挑一下，挑在我心尖上。我说："小易啊，叔老了，走不动了。"

小易抿一抿嘴，这才说："叔不老。是世道太新了。"

又过了一会儿。

我说："小易，给叔唱个歌吧。"

小易想一想，清清嗓子，唱起来。当旋律响过一段，我才意识到，这是我所不懂的语言，轻颤的小舌音。声音竟是有些厚实的。是那首曾经家喻户晓的歌曲：

田野小河边红莓花儿开，

有一位少年真使我喜爱。

可是我不能对他表白，

满怀的心腹话儿没法讲出来，

满怀的心腹话儿没法讲出来。

……

这时候的小易，像个外国姑娘了。脸上放着光，眼睛里有蓝色的火苗。她那有些坚硬的五官，剪影被微弱的光投射到了墙上，也柔和了。小易是个好看的孩子。

我张了张口，也跟她唱，唱的中文。我不会唱歌。我的声音有些沙，有些哑，有些根本不在调上。小易唱着，就慢下来，在下一句上等着我。等着等着，两个人的调都合到了一处，唱到了一起。

这一夜，我睡不着。我躺在床上，听小易还在外面忙，窸窸窣窣的，放轻了手脚。锅与碗的边缘轻轻碰在一处，"当"的一声响。

熟悉的草药味。小易照例熬她的老卤，熬好了封罐。今天的格外浓、格外香。

待一切都静下来了，我叹了一口气，疲惫地闭上了眼睛。

迷迷糊糊中，有轻碎的脚步声。我看到一条灰白色的路。有一匹马低下头，踟蹰而行。它回过头，看着我，眼睛大而空。我也望着它，它的眼里，慢慢地流出了血。

我惊醒了，我看见床前站着一个人，是小易。

这天是十五，外面一轮圆满的月亮。月亮是瓷白的，分外大和圆，散发着毛茸茸的光芒。这光芒笼着小易，小易也是毛茸茸的了。

小易身上穿着一件阔大的麻布衫子，是我的。因为她身形小，这衫子便显得更大，遮到了她的膝盖。

她忧心忡忡地看着我，眼睛大而空。我坐起来，也看着她。我说："小易。"

她遮住了我的口，解开了衫子。里面是一具瓷白的身体，没有遮掩。少女的身体，和起伏。小小的、圆润的脐，平坦的腹部。两只小小的乳，熟睡的鸽子一样。

我低下头。她的脚也光着，交叠在一起。她将我的手执起来，放在胸前。我抖动了一下，但却不敢动作。我触到了那一点温热，我不敢动作，怕惊醒了鸽子。

然而，此时，我却觉得自己的身子，一点点地凉下去。有一股血，在奔突了一下之后，没有缘由地冷却了。

我痛苦地抖动了一下，推开了小易。

小易将衫子掩上。后退几步，她跪下来说："叔，我欠你。"

房间的光线暗淡了下去。一片霾游过来，慢慢地将月亮遮住了。

隔天晚上，都来了。

看见满桌的大碗大盏，都吃惊。

117

我抱来一坛自酿的米酒，说："小易，你敬大家一杯。"

小易端起酒杯，说："各位叔伯，多谢照应了。"

一饮而尽，抹抹嘴，亮了亮酒杯底。

气氛就松了些。海华说："小易出去发了财，莫忘了我们这些老东西。"

小易说："头一个忘不了您。"

说这话时，小易并没有笑，是郑重的。在场的人都愣了愣。

我打着哈哈说："为这一桌，孩子忙了一夜。你们吃好喝好，莫负了他。"

觥筹交错。老家伙们喝多了，都有些忘形。阿翔说："咱们光屁股交的朋友，好久没坐在一桌了。"

"是啊，倒还在这屋里。"海华环顾了一下，睐了睐眼睛，压低了声音说，"说实在的，你们怕不怕？"

众人默然，只端起杯子喝酒。

过了一会儿，阿翔说："怕什么？半截身子入土的人了，活到现在，连本带利，够了。"

镇长咳嗽了一下，说："行了，侉佬在这儿呢。"

阿翔说："侉佬怎么了？又不是外人。"

他把头转向我，满口酒气："侉佬，你在这儿一个人住，有没有狗屎运，女鬼找你采阳补阴？"

"都给我闭嘴。"镇长黑着脸，将酒杯狠狠顿在桌案上。

"叔。"我听见小易唤我。

我起身，到后厨，我看见小易将那只陶罐倒过来。小易说："叔，搭把手。"

我帮她，她左磕右磕，里面的老卤，完完整整地掉出来。结瓷实的老卤，是个完整的罐子形状。

小易执起一柄刀，在老卤上划一刀。老卤分成两半，颤巍巍地抖动。

我说："你这是干什么？"

小易说："我给叔伯们加个菜。"

我一惊，说："你这么金贵它，现在就当个肉冻上了菜？"

小易没言语，又划上一刀，说："我人都要走了，还留它做什么？"

叔伯们看了，都说新鲜，问是什么奇珍异馔。

我闷声说："你们有口福，是小易熬的老卤，益了你们这帮老家伙。"

一人一块。

海华说："小易，侉叔倒没有。"

小易一笑说："侉叔和我是厨子。厨子吃老卤，就是坏根基砸了饭碗。不吃是规矩。"

我走到一旁点起一根烟，心想：这规矩没听过。我也吃不下。小易夜夜熬，熬出这一罐，吃了心疼。

这老卤的香气还是传了过来，与平日的有些不一样。我嗅了嗅鼻子，确实馋人。老家伙们吃了一口，眼一亮，都说好吃。说没吃过这么好吃的东西，天地之精华，赶上吃阿胶、吃龙肉。

镇长抿了一口酒，慢慢品，说："慢点，噎死你们这帮老东西。"

小易不见了。

我的酒上头，先醉过去，记得有人把我搀扶到窗户根打盹儿。

哭号的声音响起来，一盆凉水激醒了我。

我的小屋，被人从外围到里。

八个老家伙，死了六个。镇长和海华被送去了市里的医院抢救。

五个回到家里死在床上，算善终。一个死在镇上的洗头房，死得难看。正快活着，忽然歪鼻斜口，脸色铁青，在地上抽搐。

公安在厨房里找到那只罐子。其实不用找，端端正正地摆在桌子上的圆印子上。

法医在死者的血液里发现了乌头碱。罐子里的老卤残余里也有。

120

我后来知道，这毒性烈，只要二到四毫克，就够让人呼吸麻痹、心脏衰竭而死。

公安在灶台底下发现一包中药渣。里面有关白附、天雄、毛茛、雪上一枝蒿。这最后一味，是毒上加毒。不求你速死，待你体温渐渐升高，再要你的命。

我是犯罪嫌疑人。我有前科，却无犯罪动机。

有人说，这屋里住的是叔侄两个。他们问我小易姓什么，我说："侄跟叔的姓。"

他们通缉小易。小易不见了。

我说："我要见镇长。"

他们铐着我，见镇长。

镇长的命抢救回来了，人的精神却泄了。灰白着一张脸，看着我说："侉佬，你何苦来？"

我说："镇长，你有事瞒我。"

公安抱着那只罐子。镇长眯着眼看着，忽而慢慢地瞳孔放大。他说："我知道是她，我就知道。"

镇长昏死了过去。再醒转来，却癫了。不认人，只是颠三倒四地说："她是来索命的。"

化验报告出来了。经检验，这罐子里的老卤里面，还发现了另一种物质，是人的骨灰。

活下来的，还有阿友伯。阿友是个半语儿，说不清楚话，他少了块舌头，许多年了。

但是，他认识这只罐子。他艰难地说了两个字："报应。"

他说："这罐子里，装着个女人。"

看守所来了一个人，是容婆。

容婆说："你们放傥佬走。"

公安说："他是犯罪嫌疑人。"

容婆说："犯下罪的，都死了。"

容婆要见我。她拿出一张照片，给公安看。公安点点头，拿给我看。

照片泛了黄。上头是个陌生的女人，大眼睛，长眉毛，粗辫子。

"这女人以前住在你屋里。"她眯起眼睛，悠悠地说，"以往，我们这里还是个村子，叫下沙。那年上山下乡，来了好几个知青学生。就属这个学生最好看，叫丁雪燕。老远地来，是陕西绥德人。"

我心里猛然一动，说："绥德人？"

容婆说："他们都住在你屋里。刚来的时候，学生们不知苦。到了晚上，还有人唱歌。丁雪燕会唱俄语歌，好听得很。

"雪燕的声音像黄莺。我一个乡下丫头，生得不靓。可是她对我好，教我唱歌，教我打毛线。她说，这歌是跟她爹学的，毛线是跟她娘学的。"

"他爹是留苏的大学生？"我听到自己的声音轻轻发颤。

容婆看着我，眼睛里泛起一丝光，说："你怎么知道？"

她说："我们乡下苦，久了，学生们都想回城里去。上面下来名额，有招工的，有上大学的。说是给表现最好的知青。

"什么叫个好？我只是看丁雪燕细皮嫩肉的一双手，手心磨成了粗树皮。插秧，扬场，拾粪。学语录，写标语。样样都比别人好，比别人用心。

"可是，同来的知青，都走了。只留下她一个。我才听说，她老豆在蹲牛棚，正累着她。

"我问雪燕：'想不想走？'她说：'想。'我说：'那咱们就想办法。'

"雪燕摇摇头，说：'我爸是右派，反动学术权威，没有办法想。'

"有一天，她对我说，有个人正给她想办法。我问是谁，她说，是村长的儿。那人刚娶下了亲。嗯，就是现在的镇长。

"她将办法跟我说了。我的脸使劲儿红一下，说：'雪燕，这不是个办法。'

"雪燕冷冷看我一眼，说：'我想回城，没有其他法子想。'

"村长的儿一边替她想办法，一边往她屋里跑。跑着跑着不走了。有人看见夜里窗户上，头碰头的两个影子，灯就黑了。

123

"后来，雪燕怀了身子，办法还没有想出来。村长的儿，不上门了。雪燕和我说：'不走了，留下这孩子。'我说：'你疯了。我们上他的门，逼他想办法。这孩子生下来，也要在城里。'我说：'我陪你，跪在村长家门口。'

"她说：'我不想害了他。'

"她由那孩子在肚里长大，自己拆了棉袄，扯了点布，做尿襗子、小衣裳。我陪着她，只见她在没人的时候，一个人笑。

"一天夜里，她的门被人踢开了。进来一群男人，个个年轻力壮。

"撬开她的嘴，给她灌中药。藏红花，要打下她的胎。

"她不从，他们就打。打着打着，药也灌下去了。她没力气动弹，由着他们撕扯衣裳，踢她肚子。她下身终于有血流出来，一股子腥味。有人将她裤子拽下来，露出细皮嫩肉。一群浑小子，都是躁性子，看着她光溜溜的身子，眼也直了。

"不知道是谁先上前，污了她。然后是第二个，第三个……到最后一个，她有那一星力气，咬了一口，咬下那人的半块舌头。

"我发现她的时候，她满身的血，死了。腿叉子淌着脏东西，里面是个没成形的胎儿。眼睛睁着，嘴里半块人舌头。

"暗影子里，蹲着一个男人，是村长儿子。他眼睛空着，

说：'我没让他们，要了她的命。'

"村里没声张，将她送去烧了。对外说她作风腐化，勾引无产阶级工农，乱搞男女关系，是畏罪自杀。

"我和村长儿子两个人，在村口的乱坡上，将她葬了。就一个陶罐子。"

容婆看着我，说："小易来那天，下了雨。我看见她一个人抱着一只罐子，走过来。颜色褪了，污了。可我认得出。我知道，是她回来了。"

我听到这里，眼睛抖一下。手心里的汗，一点点地冷了。

一个月后，公安联系到了死者丁雪燕的亲属。她唯一的亲属，是她爹，九十岁了，是西北工大退休的老校长。当年没了妻女，平反回来，至今孤身一人。

他将那个陶罐抱在怀里，没言语，只是紧紧地抱着。

这天晚上，镇长从医院的楼上跳下来，也死了。

五个月后，公安找到了小易。带我去辨认。

是小易。看见我也没有声响，安安静静的。头发长了，披在肩上，又不是小易。

一个中年女人，形容憔悴，是小易的娘，说："这孩子，一年前突然不认人了，满口西北腔儿的普通话。说要回家。说自己还有一个爹，留过苏联，发明过农用飞机的推动器。会说俄语，会唱《莫斯科郊外的晚上》。

"他爹哪会说什么俄语？我们两公婆，连初中都没读完。"

小易不说话。女人说："过年前的时候，这孩子忽然说，想写一副春联。我拿了纸给她，她就写了这个。"

我举起那春联看，"舍南舍北皆春水，他席他乡送客怀"，是清秀的赵体。

女人将一本簿子给我看，说："孩子以前是写不出这种'大人字'来的。"

我看簿子上的字，方头方脑，也很熟悉。

"大年初一，没看住，孩子就不见了。"女人说，"再回来，不闹了，也不说陕西话了。只是安安静静的，不知在想什么。"

我说："小易喜欢读什么书？"

"中专毕业后，没见她读什么书。"女人想想说，"只看金庸的武侠。说里面有个女子，叫任盈盈。女孩子，看什么打打杀杀。心也看野了，人也看痴了。"

女人幽幽地哽咽。公安和我，说了一些安慰的话。天擦黑，终于要起身告辞。

女人点亮了灯，说要送我们出去。

这时候，小易将头抬起来。她看着我，眼睛大而空，开口说了一句话。

并没有声音，但我看懂了她的口型。

她说的是，一文饼，一匙鲜。

鹤

鹑

"是金马伦道的出口，B 出口。不不，应该是 A2 出口。拐上赫德道。你看见了吗？"

"看见什么？"张夏将手机夹在下巴和脖子中间，艰难地将行李箱一级一级地拉上台阶。

"一个文具店，外面卖香烛什么的。你看见了，就一直往前走。"

"哦，看见了。"张夏听见郭一悦的声音又模糊了一点。这时候天空响过一声雷。天气预报看来并没有食言，一场暴雨是免不了了。

"嗯，接着往前走，有个地产中介，在旁边的路口，向右转。"

张夏走过这间很小的铺头，铺头里呼啦啦跑出一男两女，拦在她面前。她一怔。男人拿出一沓传单，说："小姐进来看看吧。小姐要租房吗？我们这里的房源，是九龙数一数二的了。"

张夏摇摇头。对方眼睛暗下去，却突然又一亮，说："小

131

姐，是要买房吗？看小姐的打扮，是北方来的有钱人。真人不露相嘛。投资香港的房地产，是最有远见的。现在买还来得及。你看，眼看就要超过1997年的时候啦。快点落手，放心，高处未够高，只升不降，美国那边的利息那么低……"

张夏终于打断他，问："你知道'万年青旅社'怎么走吗？"

男人的脸木了一下，没有说话，然后对身后两个女孩不耐烦地说："回去做事。"

说完，自己也遁进铺头里去了。

张夏擦了一把汗，听到电话又响起来。

"走到哪儿了？看见粥粉店了吗？"

"没有……刚才耽误了。你说，粥粉店？"

"是，'裕记'粥粉店。门口有个大大的'粥'字。凌羽说过这一家，他总是从这家叫外卖。"

"哦，我看见了。"张夏向店里望了一眼。一个很老的老先生，手里拿着点菜纸，正在给客人落单。这时候突然偏过头，与张夏的视线对上，目光如隼。张夏低下头。

"你接着往前走吧。看到一个很小的巷子，在右手边，穿过去。"

张夏张了张口，看着面前狭长的巷子，巷口已经被青砖一层层地码到了半人高，堵上了。巷子很曲折，看不到尽头的光亮。

她说："过不去了。"

"过不去?"张夏听到郭一悦急促的呼吸声。"凌羽的日记上是这么写的。怎么会过不去呢?"

"堵上了。哦,你等等。"

张夏看到,在靠近巷口七八米的地方,围墙上有一个缺口。缺口是最近被砸开的。看得出手法粗暴,砖碴还很新鲜。张夏跨过去,发现斜对角的墙上也有一个缺口,正通往被堵住的小巷。这个缺口更小一些,更类似一个不规则的洞。洞的旁边,倒是有绿颜色的油漆画的一个硕大的箭头,箭头的另一端写着"万年青旅社"。

张夏怔怔地看着,油漆因为太过浓重,悬在笔画上滴挂下来。这时候,天上又响起一个炸雷。她才醒过神,回过头拎箱子。

雨开始落下来,密集地打在她身上。电话又响起,她匆促地说了一声"找到了",就把电话按掉了。

张夏湿漉漉地出现在"万年青旅社"的门口,同时打了一个喷嚏。她没想到,这个旅馆的正门会在这个破落唐楼的第三层。

门很小,大约只是任何一个公寓通常的门的一个半大,铁栅紧闭。但是门上方"万年青"三个字却镶着五颜六色的霓虹灯。光斑星星点点,逆时针流动着,在这漆黑的甬道里,是让人费解的热情。

她终于敲了门。没人应。这才发现门把手上有一个电铃按钮。

她按下去，"啪"的一声响，门打开了。

张夏推开门，赫然看见门背后站着一个人，长头发遮着半边脸。她抓住行李箱的手，禁不住抖动了一下。

那个人同时趔趄着后退了一下，嘴里发出尖厉的声音："好心来给你开门，倒被你吓了一大跳。"

张夏听出了浓重的东北口音。这口音中的憨直，瞬间给了她许多安慰。

她说："对不起。"

对面的人，将长发撩开，原来也是一张很年轻的脸。眼袋上瘀着青，前一天晚上应该没有睡好。

"郑可以。"女孩一边报出名号，一边伸出手来。张夏也伸出手。但女孩并没有要握一握的意思，而是绕到了她身后，一边为她拎起了行李箱，一边开口朝屋里喊："Aunty Lulu……"

因为光线暗淡，张夏看不清楚走过来的人。身形看上去有些走样。走近了，是个中年女人，似乎又看不清楚年纪。

"先来登个记吧。"女人的声音很低沉。

张夏跟上她，听到她的缎面旗袍因为摩擦发出簌簌的声响。到了明处，张夏看出这件旗袍应该也有了年岁，松绿色已经磨得有些发灰。

女人戴上了一副金丝眼镜，问："叫什么名字?"

"张夏。"

"哦，前天在网上预订过的。"女人打开了一本簿子。

"嗯。我要309房间。"

"那个房间，已经住人了。换一间吧。"

"哦，那309的客人住到什么时候?"

"他是长租，你换个房间吧。"

"哦。"

这时候，女人摘掉了眼镜，抬起头，目光落在张夏身上。

"看到你们这些年轻人，真好。"她说，同时脸上挂着柔和万种的笑。因为涂了很厚的粉，这笑容有些僵，但到底将她有些坚硬的脸部轮廓柔化了。

"你也很年轻啊。"张夏脱口而出，同时让自己吃惊了一下。

女人的眼睛闪动，收敛了笑容，说："我?"

张夏慌乱间，又打了一个喷嚏，难堪地用手掩住了嘴。女人说："淋了雨可要当心。我去给你泡杯姜茶吧。你收拾收拾，去洗个热水澡。"

张夏望着她用手拢了一下沉甸甸的发髻，转身离开。张夏追了一句："请问，怎么称呼您?"

135

女人并没有回头，用低沉的声音应她："你叫我露姨吧，熟人都叫我 Lulu。"

雨打在窗户玻璃上，发出频密坚实的响声。外面的天泛着红，张夏可以看见近旁的一棵榕树，茂盛的枝叶被风刮得左右晃动，好像一个人，被掐住了脖子，猛烈地摇撼。

张夏在沙发上慢慢坐下来。眼睛适应了光线，室内景物也渐渐清晰。其实都是很普通的陈设。老广东人家常有的木家具，看得出残旧，但是洁净。条几上供着神龛，并不见香火。关二爷跟前是两只红色电灯泡，权当是蜡烛。柜台上摆着一台铁皮风扇，摇着头，嗞嗞地响动。风吹过来，有些郁热，反倒更闷了。

这时候有人唤她。郑可以拿了一条毛巾递给她，说："擦擦吧，别着凉了。"

毛巾上有新鲜的柠檬的味道。张夏抬起头，感激地望她一眼。女孩的两颊，看得见有些饱满的青春痘，像赤红色的小火山，一触即发。张夏就想，这个看上去粗枝大叶的女孩，或许是很细心的。

郑可以手里拿着一卷一指宽的胶带，很利落地撕开，用剪刀剪断，然后贴到窗户玻璃上去，贴成了交叉的形状。看她在看，就回头笑一笑，说："没见过这么厉害的台风吧？这才八号风球，等挂到十号，那才叫好看。"

她停一停，又说："不过我在老家也没见过。到了这鬼地方，真是开眼了。"

张夏搁下手中的杯子，问道："你来香港多久了？"

郑可以沉默了一下，说："四年了。我是跟我爸妈移民过来的，投资移民。他们来了，就离婚了。"

张夏又有些不安，其实，她没想到很家常的问话，会触碰到别人的私生活。

郑可以并没有看到她的表情，自顾自地说下去："我在这儿，就可以不见到他们。"

张夏轻轻问："你为什么要住这里？"

郑可以笑一笑，说："香港的酒店，恐怕没有他们找不到的。可这儿不一样，死在这里都没人知道。"

张夏心里一动，扬起脸看她。女孩仍然轻描淡写地说话，突然间用手摸一摸张夏的头发，说："这么大的人，怎么头发都擦不干？"

洗了澡，张夏坐在房间里，打开了计算机。

这么老旧的地方，居然也有 Wi-Fi。但是密码很奇怪，很长，是两个重叠的英文词：coturnixcoturnix。

郭一悦果然在 MSN 上等她。见她上线，消息也发过来：住下了？

嗯。

309？

没有，说是被别人租了。

对方隔了好一会儿，才发了一句话过来，说：你得想办法到 309 看看。

可是，我进不去。

你自己想办法。郭一悦的口气，突然很坚硬。

张夏环顾了一下这个十平方米不到的房间，叹了口气。墙上有些经年氤氲的黄色水迹，蜿蜿蜒蜒地走到了床头，消失了。

这时候，有人敲门，张夏听见是郑可以的声音。郑可以说，露姨煮了晚饭，叫她一起来吃。

她应了一声，同时在 MSN 对话框中飞快地打下一行字：coturnix 是什么意思？

鹌鹑。对方的回复也很快。

什么？

鹌鹑。这么偏门的英文词，我当年的托福单词没有白背。

张夏走到饭厅里，发现除了露姨和郑可以，还坐着一个人。是个脸色瓷白的女孩。这张脸看上去不怎么健康，因为白得有些暗沉和虚弱。她看了张夏一眼，并没有停止手里的动作。她用叉子叉起一根芥蓝，放到了碗里，然后将叉子迎着光端详。

张夏站在原地，有些不知所措。

郑可以对女孩说："韩小白，你挪一挪凳子，没看到有人来了吗？"

韩小白挪了一下凳子，然后把芥蓝叉起来，开始咀嚼。露姨让张夏坐下来，然后盛了一碗汤，让她先喝，说："夜里凉了，所以煲了淮山猪骨汤，暖一暖胃。"

平心而论，露姨的菜，烧得很不错。因为郭一悦嫁了个佛山人，张夏对粤菜并不陌生。广东菜因为作料放得少，要求提取原料本身的鲜甜。但手艺不好，往往就失之寡淡。露姨的西柠鸡和清炒虾球，都是很地道的。张夏吃着吃着，心里也有些放松了。

"张夏，你从哪里来？"郑可以问。

"南京。"张夏放下了手中的碗。

"那你离韩小白不远，她是无锡的。"

韩小白并没有抬头。她正细细地将一只虾球上的姜丝，用叉子一点点地拨下来。

"南京，我许多年前去过。"露姨说，"你们那里的盐水鸭，味道好得不得了。还有一家老字号，叫马祥兴，卖一种'美人肝'，也是鲜掉眉毛的。"

张夏这才觉得，露姨并不是个寡言的人。并且，当她话说得比较多时，广东腔的普通话，其实带了其他地方的口音。她敏感于这一点，抬头望了望露姨。露姨换掉了旗袍，穿了件很家常的棉布衣服，但仍然勾勒出她饱满的胸部。张夏有些心虚地低头看看自己，然后发现，露姨把硕大的发髻，藏到一只孔雀蓝的睡帽里了。

夜里，张夏躺在床上，闻得到房间里淡淡的霉味。

外面大风大雨，睡不着。

她翻了一下身，不小心，膝盖碰到了墙壁，发出了一声钝响。

原来，墙壁是由厚木板隔成的。她轻轻地触摸，指甲在墙上划过。突然间，不自觉地，她的手指在这板壁上弹动了一下，又一下。

这弹动开始连贯起来，形成了某种节奏。她在这墙上弹起了某种节奏。高低，起伏，错落。她一时间有些恍惚，觉得自己的手失去了控制，因为她并不知道自己在弹什么。她终于停了下来。

然而，就在这时，她听到了木板的另一侧，也就是隔壁，出现了一些声音。是一种试探的声响，也是手指的弹动，若隐若现。忽而清晰起来，连贯起来。

她终于听清楚了，这是在重复她刚才弹动的节奏，竟然与刚才的分毫不差。她屏住了呼吸，听隔壁将这支旋律不加犹豫地、完整地弹完了。这时候，她才忽然间有些吃惊，又有些怕。她躺在黑暗里，一动也不敢动，不敢发出任何的声响。而隔壁也一样，安静得好像刚才什么也没有发生过。

张夏突然冒出了一个念头，是不是某种幻觉？就在这时，她想起来刚才这支旋律的出处。她感到自己的身体僵了一下，瞬间，泪流满面。

第二天清晨，门铃急促地响了。

当时，所有人正在吃早餐。张夏看见一个水淋淋的人突然出现。他穿了一件简易的塑料雨衣。因为他身形高大，雨衣不适宜地吊在膝盖上，看起来就有些滑稽。

他将雨衣的帽子掀起来，是一张青年男人的脸。虽然疲态丛生，五官还是看得出十分俊朗。

郑可以停止了咀嚼，支吾不清地说："怎么到现在才回来？"

青年木着脸，有些不耐烦："昨天风球挂了十号，路面交通全都停了。我在外面待了一夜。"

大家都注意到他的脚下滴滴答答，渐渐形成了一汪水潭。露姨惊叫了一声，就站起身，快步跑去了盥洗室，拎了拖把，一边将这个人往外推，一边说："阿牧，快出去，脱了雨衣再进来。地板都给你弄湿了。"

青年将雨衣撕扯下来，扔在旁边的垃圾桶里，说："困死了，我要睡觉去。"

他高大的背影，消失在走廊拐角。露姨愣着神儿，突然遥遥地喊："洗个澡再睡。"

"他是露姨的儿子吗？"张夏轻轻问。

"不，他也是房客，叫游牧。"郑可以轻轻地回答。

然而，露姨听得一清二楚，说："我可养不出这种儿子，一百个不听话。养这样的，不如养块叉烧。"

到了下午两点的时候，张夏还在尖沙咀一带游荡。因为郭一悦告诉她，她不能整天待在旅馆里。她应该让别人觉得，她还有些其他的事情可做。

其实，她并没有其他的事情可做。她在海边的艺术中心看了一个展览，是关于古印度的梵画。她看见毗湿奴、阿修罗、湿婆以及说不清的神祇，盘桓、跳跃、静坐，都在绚丽的布景中。但是似乎又要迁就方寸间的画布、织锦，只好采取各种难受别扭的姿势。她突然想，也许瑜伽就是由此而来。想过了又觉得自己亵渎，就摇摇头，将这些想法驱逐出去。

她沿着弥敦道，漫无目的地走。台风似乎就算过去了，出奇地出了很大的太阳。阳光洒到身上，是酥麻的热。昨夜的一切了无痕迹。这城市，太容易在瞬间变得干净、整齐。她在清真寺的台阶上坐了一会儿，看见人群照样熙熙攘攘地从地铁口里鱼贯而出。她又去了 SASA 化妆品店，很多人围上来，开始为她推荐新一季的桑子红唇彩。她受惊一样，快步走了出来。就在这时，张夏看见了一幢灰扑扑的楼，下面写着"重庆大厦"四个字。她有些恍惚，当终于意识到这就是那个著名的电影取景地时，不免有些错愕。并非因为它的残破，而是，这个大厦在她的印象中，应该有些邪恶、褊狭，甚至隐秘而淫靡。但此刻，它身处闹市，像个纯朴中正的老辈人。她终于走到它跟前，向里张望。这时候，走出了几个面色黧黑的男人，一色是南亚裔的模样。他们看她一眼，突然也站定了，饶有兴味地打量，同时嘴里快速地说着她听不懂的话。目光交接之下，她终于选择了退缩，很快地转身走掉了。

回到旅馆，她打开门，希望并没有人出现。露姨给她一把大门钥匙，这样每个人都没有打扰别人的理由。

她打开门，看见青年男人，光着上身，正弯着腰，不知道忙什么。她看见他，正把一些书从中间打开，然后铺在窗台上。窗口外的榕树，有一枝很粗的枝丫，被昨夜的大风吹折了，像拗断的胳膊一样，无力地垂挂着。看得见青白的伤口，由薄弱的树皮连接着。

她正拿不准自己是否应该打个招呼，对方已经发现了她，转过头来，对她笑一笑，露出很白的牙齿。然后他伸出手，说："你好，游牧。你叫什么？"

他并没有因为身体的赤裸而不好意思，这对她多少是鼓励。她就抬起头，也握了他的手，说："我叫张夏。"

这手里有很厚的手汗。她看看他，脸有些浮肿，下巴上有浅浅的青色胡楂。应该是刚睡醒没有很久。

她问他："你在干什么？"

143

"晒书。"游牧说，"昨天雨太大，渗进屋子里，床头的书都打湿了。"

她走过去。看见一本摊开的图册上，是一张照片。背景是蓝得很透的天，下面是一座堂皇的建筑。粉白的墙，赤金色的屋顶层层错落，悬挂着红色或者蓝色的布幔，有些繁复的花纹与文字。还有一些人，站在门口，看起来是十分渺小的。

她问他："这是哪里？"

游牧扫一眼，说："桑耶寺。"

"桑耶。"她重复了一下这个名字。

他说："是，西藏的一个寺庙，在雅鲁藏布江北岸。你去过西藏吗？"

她摇摇头。

"这是它的主殿'乌孜'，另外还有四塔、十二神殿。"

张夏看着图片上蓝色的天，因为被水浸润过，有些发紫，又有些发皱。她问游牧："'桑耶'是藏语吗？"

游牧笑笑说："是。你能猜出是什么意思吗？"

张夏又摇摇头，说："猜不出。应该是好的意思吧？类似'神圣''壮大'之类的。"

游牧说："呵呵，其实只是他们一个国王的口头禅。当年吐蕃王请了密宗大师莲花生来帮忙建寺，又等不及要看寺庙的模样。莲花生就在手心里变出了一个寺庙的幻影，应该还是三维立体的吧。哈哈。国王就惊呼说：'桑耶！'在藏语里是

'不可思议'的意思。"

游牧捂着胸口，突然瞪大眼睛，叫了一声："桑耶。"

张夏也就笑了。她下意识地伸出手，想去打开画册的下一页。但是画册却粘在了一起，打不开了。

"下一页是纳木错的秋天。"游牧说。

张夏一时不知说什么。她看到几本没有打开的书。有《藏地牛皮书》、英文版的 LP，还有一本《消失的地平线》。她说："你的书，都是关于西藏的。"

他说："我去过五次西藏。不知道下次什么时候去，所以把这些书都带着，随时准备开拔。"

说完，他弓下背，拿起一本书，打开，铺在窗台上。张夏看见他肩胛上的肌肉，轻轻律动了一下，又一下。

晚上，郭一悦没有在 MSN 上。张夏打开 Facebook，发现顺利得过分，因为不需要翻墙了。网页上有一些熟悉的头像，这里也很安静。

她突然感到很疲乏，躺下，很快就睡着了。

到了半夜，她被一些声音惊醒。她睁开眼睛，在黑暗中分辨。这声音不大，十分细碎。当她的听觉也清醒过来时，她渐渐辨认出，这声音是从隔壁传过来的，很轻。她将耳朵贴到墙壁上，听到了类似婴儿啼哭的声音。绵软，时断时续，但是坚定地哭。她抬起手，犹豫了一下，终于在墙壁上敲下去。

隔壁急促地响动了一下，恢复了宁静。

张夏想一想，轻轻地，敲起了昨天夜里的节奏。

没有回应。

清晨的时候，她走到饭厅里，看到郑可以正将自己使劲儿地套进一件十分臃肿的灰色条纹的厚重外套里。看见她，赶忙招手，说："快点，来帮我一下。"

张夏走过去，帮她把后面的拉链拉上。这个体形丰腴的女孩，让这个简单的动作变得吃力。

郑可以回过头。张夏看到她的脸涨得通红，挂着一层汗。

郑可以有些不满地看她："你都不问问我在干什么？你从来都那么没有好奇心吗？"

张夏嗫嚅了一下，问："你在干什么？"

郑可以这才从地上捡起一个很大的头套，套到自己的头上。

"龙猫。"

张夏听见头套里发出郑可以空洞而憋闷的声音："我这是扬长避短，这个打扮，谁也看不到我的痘痘。"

她取下了头套，长舒了一口气，说："今天是香港的 cosplay 年展，在会展中心。你不如跟我去开开眼，顺便也扮个乡土美少女什么的。"

她还在举棋不定。这时候露姨捧着一杯茶，款款走到她跟前，说：“去吧。趁着年轻，多玩玩。老了就玩不动了。我在你们这个年纪……”

郑可以很粗鲁地打断她，说：“露姨，你又要叹当年经了。”

露姨好脾气地不再说话，笑笑，拢一拢披肩，往柜台的方向走过去。她经过的时候，张夏闻见有一阵木樨的香味，和着体温，从她的香云纱旗袍里渗透出来。

“露姨。”张夏唤住这个妇人。

“嗯？”露姨含笑望着她。

她张一张口，终于问：“我隔壁，走廊尽头，住的是谁？”

露姨看了她一眼，说：“那个房间，没人住。”

在会展，张夏接到了郭一悦的电话。当时一个扮成了早乙女乱马的半大男孩子，正用蹩脚的普通话跟她搭讪。

郭一悦说：“你在哪里？怎么这么吵？”

她说：“一个 cosplay 的展览。”

郭一悦沉默了一下，用冰冷的声音说：“你居然有心情玩这个？这真让我意想不到。晚上 MSN 谈吧。记住，你的签证快要到期了。”

张夏和郑可以回来的时候，已经过了晚饭的时间。屋里有浓郁的虾酱的味道。露姨喜欢用这种香港土产的虾酱炒通菜。这种虾酱的确有一股子腥臭味，可是下了锅炒出来，却是厚得

147

不得了的异香，可以送得下三大碗饭。

郑可以嗅了嗅鼻子，说："好像来到了大排档。"

露姨走了出来，脸上含着笑，说："大排档哪里有松饼吃？还附送丝袜奶茶。"

张夏看着她将一套珐琅瓷的茶具放在桌上，后面跟着韩小白。韩小白端着一盘松饼，走到张夏跟前，面无表情。郑可以说："希望这次炼奶少放些。"韩小白嘴角上扬了一下，突然笑了，扫了她一眼，没说话。

张夏端起一杯茶，指尖有温热滑腻的触感，禁不住多瞧了瞧这只茶杯。金边底下，描着繁复的鸢尾花。每朵花的花瓣都融进了另一朵的紫色中间去，在脆弱的白瓷上，层层叠叠的一圈，好像茂盛得开不尽。

"喜欢吗？"露姨的声音很轻。但她正看得入神，不禁一惊。

露姨说："这套瓷器可有年头了。那时候我还在上海。说起来，比起从前，现在的人，活得真是没意思。那时候，钱是真的钱，爱也是真的爱。有个人知道我喜欢凡·高，订了这套瓷器，从西班牙运过来。掐算准了日子，运到了，正好是我生日的前一天。"

郑可以停止了咀嚼，用含义复杂的声调说："要不要这么浪漫？"

露姨说："你们小孩子，哪里懂？那时候，还是有些人，

148

会为你一心一意的。"

郑可以说："那你们在一起了吗?"

露姨说："你说呢? 在一起了，还有谁会给你们炒通菜吃?"

回到房间，张夏才感到了疲惫。她躺在床上，合一下眼睛。突然感到脸上一阵凉，原来有一滴水滴到她的面颊上。

她向天花板上望去，看到一只壁虎，飞快地爬动了一下。爬到了窗口，离她更近了些。她几乎可以看到它的眼睛，不合比例的大，黑而晶亮。她第一次看到这样的壁虎，似乎与老家见到的不一样。老家的壁虎是修长且皮肤粗糙的。而这只壁虎是透明粉色的，尾巴上看得见青蓝色的血管。它抬了一下头，好像也在端详她。她想，这可能是出生没有太久的一只，在前天台风夜进到了屋子里来。这样想着，她突然觉得自己没有这么孤独了。

就在这时，电话突然响起来。她看到是郭一悦的号码，一个激灵坐了起来。就在这一瞬间，壁虎飞快地钻到写字台的缝隙里去了。

郭一悦在 MSN 上留了几条信息。她或许已经有些不耐烦了。

她上了线。郭一悦说：新生的婴儿简直让人发疯了。请原谅实在没办法心平气和。

她说：没关系。

郭一悦说：你最好找找他有没有留下什么东西。即使无缘无故地消失了，也总有些东西会留下来的。

她愣愣地看着屏幕，终于打了一行字：你真的觉得我们不应该报警吗？

郭一悦也犹豫了一下，她感觉得到对方在斟字酌句。但这句话还是让她的心颤抖了一下：在孤儿院的时候，你报过一次警。还记得后果吗？

这天夜里，格外安静。她几乎听得见远处的海，间或传来一两声邮轮汽笛的声音。

无缘由地，她脑海里浮现出一张男人的脸。但是出乎意料，竟是那么模糊。她翻了一下身。这张脸破碎了，清晰地浮现出另一张。是个小男孩，留着极短的平头，皱巴巴的红领巾。眼睛很亮，却蹙着眉头。小男孩搔了搔自己的头，定定地望她一眼，跑远了。

朦胧间，她又听见了那个声音。细碎的骚动，如呜咽，在同一个频率上，没有停止。偶尔有尖厉的、在墙上碰撞的声音。她敲了一下墙壁，声音并没有停止，变得更为密集。在黑暗里，似乎蔓延开来，透过了墙壁，在她心上击打了一下。

她屏住呼吸，坐起了身。手碰到了电灯的开关，却又慢慢放下来。她披上了衣服，摸索着，从旅行包里拿出一只很小的手电筒，下了床。

她终于站在隔壁房间的门口，已经是在几分钟后。她终究还是有些胆怯，所以当自己屈起手指，在门上敲了敲时，竟然本能地后退了一下。

没有回应，什么也没有。

她将耳朵贴在门上，同时右手握住了铜质的把手，旋动。

门打开了。

这是一个没有窗户的房间。

门在身后被轻轻掩上。她突然就置身于一片密实的黑暗当中。黑得如此彻底，一丝光都不曾进入。她已经忘记了恐惧，因为同时，一种奇异的气味袭入了她的鼻腔。这是一种难以形容的气味，但她还是努力地辨识了一下。并不很难闻，是一些毛皮的味道，还有些新鲜的腐败味儿；或者，是混着淡淡的腥膻。

她挪动了一下。她的脚触碰到了什么东西，发出轻微的金属碰撞的声响。同时有扑棱棱的震动。她手颤抖了一下，拧亮了手电筒。

在黄色的光晕中，她已看得很清楚。她的脚下是一个铁笼。笼子齐小腿高。而里面，有一些慌张的黑色的眼睛。

是一些鸟。有些，还在拍打着翅膀，因为刚才的惊吓，在墙上投下了跳动的影。而另一些，畏缩地挤在一起，用自己浑圆的身体，填补笼子的角落，甚至将头深深埋进棕灰色的、晦暗的羽毛里去。

这是一笼鹌鹑。

张夏用手电筒扫了一下四周。这个房间像任何一个正常的储藏室一样。有成沓的纸皮，是压扁了的空调或者是冰箱的包装盒。一辆看上去破旧，但似乎并不肮脏的脚踏车。还有色泽明艳的女鞋，凌乱地摆在塌了一半的塑料鞋架上。有一只高跟鞋镶嵌了水钻，在暗夜里亮得十分异样，躺在她脚边。鞋身长而宽阔，像废弃的船。

张夏再次将手电筒照向笼子的方向。那些鹌鹑惊怯地彼此挤得更紧了一些。有的抬起头来，也是怯懦的，而目光似乎在和张夏对视。

张夏定定地看着它们，并没有注意到背后的门已经被推开了。

她熄灭手电筒，准备转身走出去，才看见身后的月光拉长了一道影，正和自己的影子重叠。她本能地猛回过头，看见一张苍白的脸。

韩小白穿着齐膝的睡袍，面色苍白。

她望着张夏，用克制而坚定的声音说："跟我来。"

走进韩小白的房间。并没有打开灯，但月光足以让张夏辨认出，对方眉目间的紧张。

"我知道，你是来找他的。"韩小白轻轻地说。

张夏愣了一下，闻到空气中隐隐的茉莉味道，那味道在鼻腔盘桓了一下，渐渐浓重起来。

韩小白靠近了她，似乎在端详她五官中的细微之处。这个女孩深深地看她一眼，然后说："我知道，不会只有我一个人在找他。"

她终于抬起头，虚弱地打量韩小白，问："你在说谁？"

韩小白无声地笑了，鼻子皱一下，然后将手指放在桌子上开始弹动。开始是有些神经质的，突然流畅起来，清晰起来。当一瞬间安静下来时，张夏张了张嘴，终于鼓起勇气："那天在隔壁，是你？"

"《动物狂欢节》，'大象'这一节，是凌羽最喜欢的。"她听见了韩小白的抽咽，这张脸笼在月光中，轮廓突如其来地柔软。

"我和你一样，想知道发生了什么。"张夏听到她说。

张夏竭力让自己清醒。她手心冰冷，体内的某个部分却渐渐炽热。

"你是什么人？"她问，声音轻得如同自问。

韩小白嘴角动了一下，出现了讥诮的表情，反问她："你又是什么人？"

张夏犹豫了一下，终于说："我是凌羽的未婚妻。"

韩小白抬起头，望她的眼睛，似乎在辨认。半晌，终于叹一口气，说："那么，我是谁，就更不重要了。"

"所以，你是怎么找到这里来的？"她拽紧了睡袍的边缘，似乎有些不甘心。

张夏说："我的一个朋友，不，其实是我和凌羽共同的朋友，发现了凌羽在 Facebook 上的留言，提到了这个旅馆。"

韩小白冷笑了一下，笑得很苦。她的声音有些发涩："看来，我们是殊途同归了。"

张夏说："凌羽……没有对我提到过你。"

韩小白沉默了一下，说："我并没见过他。在这个群组会认识很多人，我只是其中一个。当时我正准备自杀，他阻止了我，用一张照片。"

"嗯，他拍过很多照片，都很美。"张夏说。她看到了窗外的月亮，十分清晰，是下弦月。

韩小白说："不，是一张天葬的照片。我不知他是怎么拍的。很清楚，我一辈子都忘不了。一群秃鹫围着尸块，大腿上的血管已经发紫。还有那颗头颅，一只眼睛紧闭，可另一只眼睛睁着。我一辈子也忘不了。"

张夏一阵恶心。一团霾慢慢地游过来，盖住了部分月亮。

韩小白说："总之，看了那张照片，我再也不想死了。"

张夏想起了郭一悦的话，又看了看眼前的女孩子。她仍然无法确信，一切确有其事。但是，事情似乎比她想的更为简单，也更为荒诞。她无声地做了五个字的口型。

韩小白立即会意："是的，'爱比死更冷'。"

张夏摘下脖子上的那个木头挂饰，上面是"L&D"的字样。

韩小白打开抽屉，拿出了同样的挂饰。但是，却被她做了改造，在上面镶嵌了微型的 Hello Kitty。她说："这是通关手语，这个群组加密之后，视频上只有同时出现成员的脸模和这个东西，才能进入。"

张夏说："所以，这是他生活的另一部分。我不知道，他也不想我知道。"

韩小白并不想接她的话，只是说："如果我是你，会报警。一个人不可能就这样凭空消失了，一个半月了。"

张夏突然一阵虚弱，她坐在了韩小白的床上，摇摇头，说："他不会喜欢我这样做，如果他还活着。我曾经为他报过一次警，那时候我们都还小。准备领养的夫妇因此放弃了他。过了五年，那个商人带他去了香港。可是，在他十六岁的时候，养父死在一个台风天。他是去年回来的，向我求婚。他说，他注定是个孤儿，直到我答应他。"

韩小白皱了皱眉头，说："这是个俗套的故事。不过，我得承认还是动人的。"

两个人都没有再说话。她们看着彼此，却又垂下了头，似

155

乎有难言的尴尬。远处突然有猫的凄厉的叫声，打破了静寂。然后是厮打，砖瓦碰撞的声音。她们几乎都听见了，凛凛的树影的晃动，有一只猫落荒而逃。

韩小白突然笑了。她坐下来，紧挨着张夏。她将张夏的头揽过来，放在自己肩膀上。尽管她比张夏要娇小些，可这时似乎一切都恰如其分。她们这样坐了一会儿。韩小白说："我们要相信，他还活着。并且，就在香港。"

张夏侧过头，看她无表情的脸，听见她用很清晰的声音说："知道吗？我每天都去看那些鹌鹑，它们每天都在减少。"

她们是在两天后看见那只死鹌鹑的。韩小白敲开张夏的门，铺开一张报纸，告诉她，是在门口的垃圾箱里发现了它。她剥开包裹在外面的"惠康"超市的塑料袋。张夏看到了那只死去的鸟，羽毛凌乱，僵硬着身体，脚爪弯曲。眼睑晦暗地合着，似乎与任何一只死鸟没有区别。或许只是看上去瘦些。

韩小白眼里的光暗淡下去，她拿起一根一次性的筷子，捅了一下鹌鹑。

这时候，她们都看到一些微绿色的液体从鹌鹑的伤口处流淌出来。

韩小白张了张嘴，问她："鹌鹑的血是绿色的吗？"

张夏摇摇头。她想，她只见过烧烤店里的油炸鹌鹑，焦黄色的鸟的尸体，没有头。一根竹签，从屁股到颈子贯穿过去。但那已经是熟的，所以她不确定血的颜色。

晚上，只有三个人吃饭。几天没有见到游牧了。露姨端上来一锅汤，给每人盛了一碗。很香，但味道并没有鸡汤浓厚，有些清冽的苦。露姨说："苦就对了，我放了当归、黄芪和薏米。广东人讲究食补，这个方子最是安神祛湿。还要不要一碗？"

张夏点点头。

露姨掀开了砂锅。张夏赫然看到卧在锅底的一只鸟，比鸡小得多，头曲到了颈子里，肉已被炖得稀烂。张夏愣了一下，胃里一阵酸泛上来。

她捂着嘴巴，跑到洗手间去，翻江倒海，不可克制地将汤水喷涌出来。

她回到座位上，看到对面的韩小白，用严厉的眼神看她，然后继续埋头喝汤，甚至喝出了声响。

郑可以轻轻抚了一下她的后背，安慰地说："没事没事，这地方兴炖乳鸽，你大概是没吃惯吧。"

露姨的汤勺还执在手里，也有些发呆。这时候才回过神来，去了厨房，回来时捧着一只陶瓷的炖盅，盛满了汤。又拎出一只竹篮，上面有烟熏火燎的痕迹。她小心地将炖盅放进竹篮里，盖上盖子，对她们点点头，说："你们先吃，我一会儿回来。"

露姨匆匆地出门去了。

张夏望着她的背影，问："露姨去哪里了?"

韩小白面无表情。郑可以耸一耸肩膀，筷子伸出去，搛起一块炸鱼腩。突然手一抖，鱼掉到了桌上。她说："我想起来了，今天是中元节。"

"中元节是什么?"张夏问。

郑可以快步走到窗子跟前，打开，向外头张望。张夏跟过去，手搭在窗台上，看到夜色里，远近有些星星点点的火。再仔细看了，是些人，在路边烧东西。

郑可以看出她眼里的茫然，轻轻说："他们是在烧衣。"

"烧衣?"

"嗯，广东人的风俗，今天是七月十四，要烧金银衣纸，还要摆祭。"

"祭谁?"

"祭死去的人，也祭来往的鬼。"

听到这里，张夏打了一个寒战。她听说过南粤一带的"鬼节"，原来是在这个时候。阴间打开，鬼魂四散。有主儿有后的回魂，无主的游荡。这路边的火，便是烧给他们的。

在这个时候，她看到了露姨。露姨走到了院子里，蹲下，开始将篮子里的东西，一件件摆出来。她佝偻着身体，蹲得有些吃力。旗袍绷得紧，暴露了身体的轮廓，显出了老态来。

露姨将一些盘盏一一摆出来，最后小心地端出炖盅，轻轻放在地上。站起来，双手合十。过了一会儿，又蹲下去，从篮里拿出一摞纸。擦亮了火柴，燃着了。火光渐渐明亮起来，映在了露姨的脸上。这时候的露姨，看得清楚是个老妇了。妇人的面目，有些模糊，看不见表情。但可以感觉到她的专注，她捡起一根树枝，将火拨得更旺些。

"露姨祭的，不是孤魂野鬼。"郑可以揉一揉眼睛，笑笑说，"因为她多了一盅汤。"

"郑可以。"张夏听到韩小白的声音，"你的东西掉了。"

郑可以回过头，看见韩小白手里捧着一串钥匙。她接过来，说："谢谢。"

"你这个钥匙链挺别致。"韩小白说。

张夏没有说话，心里却动了一下。她看见这钥匙链上的木牌，上面刻着黑色的 L&D。

"L&D，是有什么含义吗？男朋友的名字？"韩小白轻描淡写地问。

郑可以愣了一下，答："Light in the darkness. 谁叫我人生没有指望呢。"

"是吗？"韩小白从她手里又取回了钥匙链，一边端详着，眼里有灼灼的光，一边说，"我怎么觉得，是 Love is colder than death?"

韩小白走过来，不动声色，从张夏胸口掏出一只同样的木牌。

郑可以先是一惊，很快便镇定下来，笑一笑说："我知道，不会是我一个人在找他。"

张夏觉得有些心悸。

郑可以搔搔头发，说："看来，这个旅馆的确有问题，不然不会都找了来。"

三个人这样站着，一时间，都不知再说什么。外面突然有嘈杂的声响。然后是狗叫，一阵紧似一阵，听起来竟像狼吠一样。有转动钥匙的声音，露姨回来了。

韩小白向大门的方向看了一眼，很快地说："到我房间来。"

三个人挤在小小的房间里，局促间，面面相觑。终于，还是张夏开了口："所以，你也是这个群组里的人？"

"这么说也没错。"郑可以看上去有些心不在焉。她说："不过，我认识凌羽的时候，还没这个地方。

"我们是在一个叫'假正经'的小区里认识的。'Fake Vanity'，听过吗？一个模拟性爱的小区。各种情境，一应俱全。我和凌羽，是第一批会员，大概也是时间最长的 friends with benefit。后来，这个小区被黑客摧毁。据说'假正经'让

160

很多良家妇女出了轨，这个黑客是绿帽子先生之一。然后，我就跟凌羽来到了'爱比死'。"

"你们，你们见过吗？"张夏问，同时有些目眩。

"见过，不多的几次。凌羽在床上表现一般，比在网络上的调情稍逊几筹。"郑可以咬了一下指甲，脸靠近了张夏，"知道吗？他是个模拟性爱的高手，三言两语可以让你高潮迭起。"

张夏感到了自己的抖动。另一只手紧紧捉住了她，是韩小白的。

"我和你们不一样。"郑可以粗枝大叶，察觉不到身边的动静。她同情地看她们一眼，说："我对他谈不上爱。但是一个人凭空消失了，总是一件不平常的事情。"

"那么，你发现了什么？"韩小白用尽量平静的声音说。

"嗯。"郑可以抽动了一下鼻子，"那个老太婆，我总觉得她有问题。可是，也看不出什么问题。"

"所以，你也看到了那些鹌鹑？"张夏问。

郑可以张了一下嘴，想要说什么。这时候，她们听见了敲门声。

她们都不敢发出声音，韩小白最先镇定下来。她用手撩一下头发，准备去开门。三个女孩猫在房间里聊家常，也是最平常不过的事情。

161

但敲门声改变了节奏。从匀速开始变得错落有致，声音很轻，她们都听出了其中的旋律。

圣桑的《动物狂欢节》。

"爱比死更冷"群组，周而复始的背景音乐。

郑可以瞪着眼睛，看韩小白放在门把手上的手，颤动了一下，缩回来。张夏走过去，拧动它，打开了门。

游牧站在门口，脸上是似笑非笑的神情。

他闪身进来，把门在背后关上。眼睛在三个女孩的脸上一一游动。然后压低声音，用略带戏剧性的腔调说："没错，她是有问题。"

"你，刚才在门口偷听我们?"郑可以愤怒地站起来。

游牧继续笑，说："我从来不做这么低端的事情。"

他走过来，很绅士地点一下头，对韩小白说："借过。"

韩小白望着他。他双手仍然插在蓝色卫衣的口袋里，帽子没取下来，遮住了脸的轮廓。韩小白站起来，闪到一边去。

游牧弯下腰，伸出手，将台灯的罩子拧下来。然后指间变戏法一般，出现了一个小镊子。他将镊子伸出灯泡顶端的卡口位置，轻轻取出一样东西。

他抬起头，将这东西迎着光看了看。

张夏问："这是什么?"

"Spy camera，俗称针孔摄像机。"游牧好像在自言自语，"我在你们每个房间都装了一个。"

162

郑可以走过来，揪住他的领子，咬着牙说："你这个变态，那么你已经把我们看光了？"

游牧轻蔑地看她一眼，拨开她的手，继续说："除了309房间。我一直没有办法进去，那个房间门上了保险锁。"

"所以，你很早就知道我们的身份了？"韩小白脸冷着，口气却十分虚弱。

游牧将那只摄像头掷在地上，用脚踩碎了。他说："嗯，但我并不想惊动你们。一来我希望你们能自然地帮我做点事，二来我的确不太相信诸位的演技。不过，让我失望的是，你们开始和我争抢资源。我只好出现了。"

"资源？"

"是的，我指的是，那些死鹌鹑。"

张夏与韩小白对望了一眼。游牧说："好吧，跟我来，不过记着不要乱说话。"

她们走进游牧的房间，的确没有再说话。

因为她们已说不出话来。

她们好像置身于一个小型的实验室。

即使这间旅馆并没有为客人打扫房间的习惯，但是，可以将房间改装得面目全非，还是令人错愕。

这似乎是个有洁癖的人才能容身的地方。她们看一眼举止大大咧咧的游牧，说不出话来。

显微镜、大大小小的试管。墙上贴着一张不知是人还是动物的解剖图，里外打了许多猩红色的箭头。

一个模样古怪的透明容器，装着棕黄色的液体。下面燃着酒精灯，咕嘟作响。郑可以走过去，用手拨了拨容器颀长的手柄。看得见里面有密布的水滴，清亮地凝结着。

"别动。"游牧的声音十分严厉。

这时候，几个人才醒过神来。

韩小白小心地问："那些鹌鹑呢?"

游牧笑了笑。

他走到房间的角落里，打开一个书橱，里面是伪装得很好的铁匣子。游牧将它端到了台子上。

"培养箱。"游牧给她们每人一个口罩，自己戴上手套，说，"演出开始了。"

接着揿下了一个按钮。

尽管每个人都做好了思想准备，但眼前的情形还是让她们的胃痉挛了一下。

培养箱里卧着数具鸟尸，已腐烂得看不清形状。它们的身体上，长了成片赤红或石青色的绒毛，是新鲜和艳异的。有一棵类似菇类的硕大乳白真菌，挑战似的几乎以昂扬的姿态，从一只鸟的腹部生长出来。

游牧拨动了一下菇柄，将它掐下来，笑笑说："晚上拿它炒炒，又是一盘菜。"

"你究竟在干什么？"韩小白脸色煞白，无力地问。

"你在干什么？"张夏看到游牧的一边脸颊，抽动了一下。

"我在干什么？"游牧又笑了一下，音量忽然低沉，近乎耳语，"他答应要和我一起登唐古拉山的，不是吗？去年在安多，约好的今年八月，当着贡布索却的面，约好的，不是吗？"

游牧的声音平缓，像是在说一件平常的事情。但是，她们都看着游牧的眼睛闪动了一下，泪水涌了下来，嘴角依然挂着笑。这泪水十分湍急，以至于让她们来不及反应。

当她们都陷入沉默的时候，游牧用手擦拭了一下自己的脸，说："一个人，不可能平白无故地不见了，他不是个会食言的人。"

"我想和你们分享一下我的发现。"游牧打开计算机，她们看到了眼花缭乱的分子式。在旋转中，变换颜色。

"听好了，我对这些鹌鹑的血液做了析出，发现了同样的东西。而通过对培养基的霉菌成分萃取，也印证了这一点。在这些鸟的体内，血游离脂肪酸和甘油三酯浓度高得不可思议。因此低密度脂蛋白可以渗透到冠状动脉和其他动脉内膜，形成粥样硬化斑块而阻塞血管。血管内皮细胞损坏，心脏功能会减退至衰竭。"

郑可以喊了出来："你是说这些鸟，是得心脏病死的?"

游牧皱了下眉头，似乎很不满被她打断："准确地说，是心肌梗死。"

"心肌梗死？"张夏的嘴唇抖动了一下，愣愣地盯着韩小白，"你说过，这些鸟几乎每天都在减少。那么……"

"那么，它们可能是某种实验品。"游牧说，"每一只鹌鹑的体内，都有大量的胰岛 β 细胞。过高的胰岛素可实时启动交感神经系统，引起血小板聚集，血管痉挛，阻力增加。如果是实验的话，这大概是关乎生死的实验。"

"你为什么会知道这些？"韩小白一边狐疑地看着游牧，一边后退了一些。

游牧冷笑了一下，说："只要你想知道。"

他没有再说话，眼神中突然泛起了难以名状的光。很微弱，像是一种弱小的动物，在看到食物的时候，那一瞬的目光。

张夏将口罩取下来，奇异的气味刺激了她的鼻腔。那种极度腐败而凶恶的气味，从这些已经辨认不出的毛皮里渗透出来。她走上前，用手捻起一撮类似羽毛的东西。在手指的轻捻间，羽毛化成了略带黏滞的灰尘。

她用很绝望的声音说："为什么会用鹌鹑？"

很久后，游牧回答："更好的试验品，是人。"

这时候，他们听到了郑可以压抑的哭声。他们望着她，面无表情，都希望她能哭得畅快些。代替他们，哭得畅快一些。

这一天夜里。

游牧打开监视器，他们看见晚上他们在饭厅里，热闹与安静的举动，像是在看一些陌生人。而他们从来没有发现，在摄像头的俯视之下，他们坐在一张桌子前，前所未有地真正感到亲密。

　　尽管各怀心事，但他们都比以往更为自然。露姨坐着，也比以往更为安详。脸上带着笑，不时起身，为他们盛上一碗汤。又坐定，看着他们，眼神笃定，似乎怕要错过什么。像位母亲，看着即将阔别的儿女。

　　游牧调到实时监控挡。屏幕上是走廊里密实的黑。有一两点不知来处的光晕，迅速地被这黑吞没了。他们也坐在黑暗中，只听到彼此的呼吸。他们挨得这么近，因为黑暗忽然不觉得尴尬了。只是房间过于小，有一些荷尔蒙的气味悄悄漫溢出来。他们已无暇顾及。

　　凌晨三点钟。她们都感到疲累的时候，游牧将她们推醒。他们看到监视器里，出现了一个身影，穿着白色的宽大的睡袍。这人提着一盏很小的灯，走进了走廊尽头的房间。他们振作了精神。十五分钟后，看她走出来，又进了309房间。

　　五分钟后。这五分钟是漫长的，甚至他们都试图让它更漫长些。他们不得不做些什么。"每次，她在里面只会待上十分钟。"游牧说。

　　他们鱼贯而出，在暗夜中摸索，甚至踩到前面一个人的鞋跟。走到309房间门口，一切变得简单。游牧一脚踹开了门。

在昏黄的光线中，露姨正对着他们，脸色木然。她手中是一支注射器，针头正插进自己的下腹。而她的下半身裸露着。他们都看见了她腿间垂挂着已萎缩的阳具。

房间里挂着层层叠叠的旗袍，忽然幻化出了光彩，像是艳异的丛林。

他们向后退去。这时候，听见露姨的声音："记得把门关好。"

四十年来，这个妇人终未将自己的身体改造完全。但家族遗传的糖尿病却如期而至。这种病症，使得她体内的雌性激素的补充性保护变得微不足道，甚至渐渐成为对寿命的威胁。而定期的胰岛素的加入，微妙的分量之差都可能带来猝死。所以，那些鹌鹑，成了她每日药物平衡的试验品。但她很清楚，终有一日，她会死于砥砺后的血液凝滞。她选择了与自己一生的衣物为伴，只是为了死得体面些。

二十七个小时以后，"爱比死更冷"群组中出现一个似乎消失了很久的头像。凌羽发了一则信息：肯尼亚五个星期，看了动物大迁徙。

韩小白面无表情，按下了一个"赞"。

朱
鹮

我看着他。他的眼神空洞。不是这个年纪的孩子惯有的懵懂眼神，而是属于一头小兽的。在觅食前后，或者危险将过时的，无所用心的茫然眼神。

"童童。"我唤他一声。他没有回答。

此刻，他紧紧攥着一支笔，在纸上画出一道弧线。他的脚边，还有许多张这样的纸。上面画着植物和似是而非的动物形状。

他终于也抬起头来，看着我。我不知该用什么样的眼神看他。事实上，作为一名警察，我的办案经验丰富。我很清楚，应该以何种目光应对当事人或者证人。但是，面对童童，我感到一筹莫展。

他的母亲，此刻身体冰冷，了无声息，已是一具尸体。她被发现时，安静地躺在浴缸里，眼睛被手术绷带紧紧地缠住。而喉头上的一刀，划得十分利落，手法完美。几乎可以想象，血液从颈动脉喷溅而出的景象。血液画出一道抛物线，一部分落在洗手池上，但被擦拭得十分干净。甚至地板上，也很干净。凶犯是个有洁癖的人，冒着留下指纹的危险。除了浴缸里的血腥，洗手间里不着一尘。根据法医对伤口的鉴定，作案时间应该是在晚上十点半左右。

而路小童，正在近在咫尺的客厅。坐在桌前，一笔一笔地涂抹，在已经颜色浓烈的纸上涂上更多的颜色。眼神漠然。

我对路小童并不陌生。在我们这里，他的知名度很高。因为他的画在国际上数次获奖，几乎成为这座城市的文化标识。但是，作为这起谋杀案唯一的目击证人，他的优秀，并不会带来太大的帮助。相反，可能成为某种干扰。

他是个自闭症儿童。

尽管在常人看来，这样做有些残忍。但出于办案程序的需要，我还是将小童带到作案现场。他看着母亲的尸体，面无表情。但是，我仍然注意到他瞳孔里那一瞬的放大。几乎是一丝光芒，稍纵即逝，像儿童面对喜爱的食物或玩具时的兴奋。他将手伸向母亲垂在浴缸边缘的手臂。我的同事小陈想要阻止他的动作。我摇头向她示意。他触碰了母亲的手，然后弹开，眼神飘摇到其他地方。我迅速将他带离现场，我问他："童童，昨天夜里，你看见了什么？"

路小童望着我，突然呼吸急促，身体震颤，口中发出"嗯呀"的声响。小陈说："王队，他是不是被吓着了？"

我摇摇头："不，或许，他只是说不出来。"

我们检查了屋内的陈设。门窗紧闭，没有明显的搏斗痕迹。门把手上只有小童一人的指纹。这说明在凶手离开之后，他曾经企图打开大门。但是，由于种种的原因，放弃了。我环顾四周，室内光线黯淡。这是二十世纪八十年代兴建的多层公寓，没有电梯，也没有小区监控。但是房间大而空阔，有着现在的房产开发商所不甘心的实用面积。我望向阳台的位置。这个阳台比我熟悉的要小一些。因为三分之一被封进了室内，增扩了房间的面积。阳台上晾晒着几件女人的胸罩和内衣裤，在微风里飘动。

我对小陈说："把童童带回局里。他的临时监护人已经到了。"

这时候，我的电话响起来。是妻的。我听完了电话，皱了一下眉头。小陈说："王队，你先回趟家吧。反正也近。"

我说："行，我等下直接到局里。"

小陈说："嫂子兴许是怕了。这种事出在自个儿住的小区里，也是窝囊。"

第二天正午，我们见到路小童的外公外婆。这对已届古稀的老人，面对我们并未失态，保持着知识分子惯有的礼仪。但

173

我仍然从老太太红肿的眼睛里看出昨夜的煎熬。小童坐在隔壁，坐姿静止端正。这个朴素的房间里，一切仍旧井井有条。依墙的红木条案上，挂着一幅草书中堂，上书"无欲则刚"四个字。字体劲拔，落款是"韩子陌"，死者韩英的父亲。

"我知道会有这么一天的。"韩子陌说。

在长久的沉默后，是这样冷的声音。小陈与我对视了一下。老太太在一旁，听到这句话，看着自己的丈夫，似乎在看一个陌生人。她轻轻说："你，你这是说的什么话？"讲完了这句，她肩膀细微地抖动，忽然抽泣起来。开始是呜咽，渐渐失去了节制，捂住了脸，大放悲声。老先生并未劝阻她，眼睛与我对视，目光冰冷。小陈叹口气，走过去，挨着老太太坐下，安慰她。这样做，尽管逾越了职业准则，但此时此境，我也就由她去了。

"一个有病的孩子，何必这样招人眼目？"韩子陌说，"当初如果跟着我们，也不至于这样。"

我想了想，说："小童的教育，还是很成功的。"

老先生看我一眼，口气厉了些："只有你们这些人，会这样看。你以为他很喜欢经常被摆在人前吗？现在死的是我的女儿。可如果她不死，会有人在乎我们说什么吗？"

这时老太太抬起头，狠狠地说："韩子陌，你说这样的话，你是发神经了吗？小英已经不在了呀，不在了呀。"

韩子陌轻轻仰起身体。他站起身，走进里屋。走出来时，

174

手里是一本相册。他打开，看到里面，全都是小孩子的照片。是路小童，各种姿态、神情。照片上的小童，和其他的孩子相比并无什么不同，甚至还更明朗健康一些。韩子陌再开口时，我们都听到他声音有些发哽。他说："这孩子，应该一直跟着我们的。"

我问："小童跟着你们生活到几岁？"

韩子陌说："三岁。"

"以后一直和韩英一起过？"

韩子陌点点头，没有说话。小陈问："您刚才说招人眼目，最近有什么异常的事情发生吗？韩英近来和什么人走得比较近？"

韩子陌说："我不清楚。韩英不让我们见孩子。我只知道她在筹备童童的画展，都是和那些人在一起。"

我问："那么，策展方是什么人？"

老先生这回沉默了，他朝里屋看了看，问我说："同志，我想知道，我和她外婆，是童童的第一顺序监护人吗？"

我说："如果孩子的直系亲属，父母都不在世，或者放弃抚养权的话。"

老太太黯然的眼睛，忽然迸发出光芒，牙齿里迸出一句话来："休想！路耀德休想把童童从我身边抢走。"

见到路耀德是在两天之后了。从他的脸上看不到旅途的劳顿，也没有时差带来的疲态。我们都在准备对付一个棘手的人。但事实上，路小童的父亲，看起来似乎比这世界上的大多数人都更好相处。

他安静地听我们说完事情经过，轻轻说："给你们添麻烦了。"

这时有人为我们斟茶。是他的现任妻子，也是他的助手。女人很年轻，眉目清淡。在交谈的过程中，她始终在帮我们端茶递水，不像女主人，更像是一个沉默殷勤的仆从。在安排好一切后，她就回了自己的房间。看着她消失在楼梯的拐角，我忽然意识到，这个房间其实很大。但是摆满了各种旧物，陶器、卷轴、不同类型的丝织品。我相信这些东西来处不凡，但太多太杂，使房间显得逼仄，甚至有点不够体面。

我还是愣了一下，说："听说你这次出国，是为了一个收购项目？"

路耀德点点头："嗯，收购了英国一家画廊。"

我说："两天就完成了，效率很高。"

路耀德眉头舒展了一下，说："是，两天，足以为我提供不在场的证明。"

我说："你最近似乎出行并不多。"

他说："嗯，这段时间很关键，我得知道她对我儿子做了些什么。"

他掐灭了手中的烟。这时天色忽然大亮，阳光变得刺眼。

路耀德站起身，将窗帘拉上了一半。他的脸庞变成剪影，看不到神情，轮廓坚硬。

他说："你不明白我的工作性质。我是一个掮客，将有钱人的钱变成他们自认为高雅的东西。"

我想了想，说："你说的这些东西里，也包括童童的画？"

他的手，在沙发扶手上抖动了一下。我注意到，他下意识地将手指抠进了布艺沙发罩的一个破洞里，那个洞或许是被烟灰烫的。很规则的圆形，恰好落在一朵玫瑰花的花蕊中间。他说："在她疯掉之前，是这样。"

我问："你说韩英？"

路耀德并没有回答。他将目光收回，直视我说："前几天收购画廊的那位，新买了幅毕加索蓝色时期的作品。要我找人帮他鉴定，我看了一眼，是真的。那时候的毕加索，就是这么平庸。"

我说："少年毕加索，委拉斯开兹救了他。"

路耀德剪一支新的雪茄，听到这里，手停住，说："懂行。你们警界藏龙卧虎。"

我淡淡地说："我是恰好当了警察而已。"

以为话题会向预期方向开展。路耀德有些突兀地问："什么时候能走？我要带童童去澳大利亚。"

我们离开时，竟下起了雨，刚刚还是大太阳。"这雨来得突然，"小陈说，"王队，你等着，我去停车场把车开过来。"

这时候，听到有人唤我们，是路太太，静静地站在身后，手里是两把伞。

我们接过伞，道谢。听到她轻声说："我不喜欢这孩子，但他还是跟着我们比较好。"

路上，小陈问道："头儿，你觉得路耀德的嫌疑大吗？"

我说："他有不在场证明。"

小陈说："我的意思是，买凶。"

我没有说话。

前面的切诺基开得小心翼翼，一看就是个新手。后面的人都在按喇叭。小陈也有些不耐烦。车在红灯前停了下来，她才说："作案动机很充分。三年前，他出过车祸，失去生育能力。也就是说，童童是他唯一的子女。"

"还有，头儿。"她说，"你让我查的事有眉目了。他其实是个隐形富豪。在 A 公司有一成半的股份，听说最近在考虑转让。他说的去澳大利亚，可能和这个有关。"

在车流里缓缓地行进，下了高速，进入我们生活的城市。天已经擦黑。在雨里，这城市被洗得更清晰了。现在看来，却似是而非。大概是还有许多地方，我看不到。许多地方，我不想看见，藏在某个暗黑的角落。一晃，我在这城市已经住了五年。这些年，就这么过去了，什么痕迹都没留下。不，也不是。我的心紧了一下，看到远处立交桥上的路灯，如金黄色的弧线一闪而过。

回到我所住的小区，雨还在下，不过小了很多。风吹过来，打在脸上，是浅浅的凉。抬起头，寻找五栋302室的窗口。找到了，封锁已经解除。没什么特别。已经是凌晨，和其他窗户一样，黑成了一片，融入了这幢建筑的背景里。

大约听到了钥匙的声响，妻打开了门。我们没有说话，但她仍然给我端了一盆洗脚水过来。她回房间之前，对我说："你最近忙，我们的事情，过些日子再说吧。"

再见到童童，是在总局的"心理干预中心"。社会的舆论，终于造成了我们工作的被动。死者身份特别，是本市著名天才儿童的母亲，这引发了许多不必要的遐想。局领导觉得，路小童会是案件得以打开的缺口。可是，没有指纹、没有监控、没有孩子之外的目击证人。死亡推算时间，是在一个正常的夜晚。

尽管说起来有些残酷，但对一个自闭症儿童心理创伤的疗愈，一旦成为破案的关键，警方惯常的经验，都会显得无可用之地。

许医生职业性的微笑，还较为自然。而我们面对路小童，则显得小心翼翼。孩子偶然地抬起头，眼睛一扫，和众人没有交集。落在我的脸上，也只一瞬，没有任何内容。

许医生向我示意，我们走出来。她说："情况不算很好。"

我望着她的脸，点点头："我信任许医生。"心理干预中心成立不足三年，许医生博士毕业调过来后，已经协助我们破获了几起大案。

她从桌上抽出一张纸："这是童童的心智评估结果，不理想。"

我看了两遍，终于说："在非常情况下，你不能要求这样的孩子一本正经地接受测试。他不是你做研究的素材。"

许医生沉默了一下，说道："你的心情我理解。我们可以不重视量化分析的数据。问题是，一旦体会到他的抗拒，就另当别论。"

许医生转过头，透过单面镜，看着监控室里的小童。在昏暗的光线下，这孩子的脸色没有太苍白，有了些许生气。他的手指在桌上滑动，看上去依然无所用心。许医生说："对所有人，这都是个坎儿，何况是童童。一般孩子也可能因为极度恐惧而失范和失语，要先帮他们从心理重创中走出来，再进行记忆重建。"

"自闭或者艾斯伯格症儿童我都接触过。他们和常人的认知能力不同，会出现中央统合系统障碍。简言之，很难让他们看到事情的全部，所谓只见树木，不见森林。他们对局部专注，异乎寻常地执着。但认知紊乱大大影响他们的事件重塑取向。"

我说："您的意思是，童童还不清楚他母亲已经遇害？"

许医生说："不，事实上，是他并不会为母亲遇害感到痛苦。"

我愣一愣，说："他或许痛苦，但是说不出来。"

许医生摇摇头："所以，我要征询你的意见。2008年，我曾随队参与过汶川地震的灾后心理疏导。有个家庭，家里三个大人去世，孩子被救出来了。那孩子的精神状态异常，没有任何悲伤的表现。他的父亲下落不明，为协助营救，我们主任试图用情境重创刺激他对父亲的记忆。孩子终于意识到失去亲人，哭出来，后来在废墟堆前指出父亲遇难的准确方位。但是，两个月后，孩子自杀了。"

我沉默了很久，说："或许我们有更温和的方法。"

许医生说："语言交流是童童的弱项。我给你看样东西。"

我看着她手中的一沓照片。"这是童童的画。在凶案现场的客厅发现的，原稿送到我老师那里了。几张，似乎是同一种鸟。"

我也看到了，是同一种鸟的不同动作，抽象，但是优美。这鸟血红的面庞，让我感到似曾相识。

我说："这是什么？"

许医生看我一眼，说："朱鹮。"

因为我的协调，童童被送回他外公家里。路耀德并未表现

181

出很多抗拒。他只是说，若澳大利亚的事情定下来，童童必须跟他走。

我在一个午后，造访他们。这时候是盛夏了，外面听得见响亮的蝉噪声。韩子陌在临门的条案前写书法。我走过去，他正在临《胆巴碑》。我屏息看着。待他收了势，我才说："好字。"

韩太太递过去一块毛巾，他擦了擦汗，叹口气说："老人临老字。赵孟頫写这东西，六十多岁。我今年快七十，不入老境，焉得其味。如今又加上一条，白发人送黑发人。"

老太太眼神暗了一下，倒没有太多凄然的颜色。她平静地将毛巾收过来，招呼我说："王同志，吃西瓜。沙瓤。"

我说："老人家，节哀顺变。"

韩子陌拎起把蒲扇，拍一拍脚边，说："何至于让你劝我们，人已经没了。哀莫大于心死，往好处想，我们至少还有童童。"

我说："孩子这两天还好吧？有没有什么异常？"

韩子陌的声音有些发噎："跟着我们，不哭不闹，能吃能睡。"

他遥遥地望向屋子里面，我顺着他的目光，能看见床上一个小小的身体轮廓，很安静。但蜷着，不舒展。

三个人都沉默了。我看见在这老旧的房间，有许多痕迹，是用日子一点点码起来的，渐渐占据了这房子。五斗橱上，挂着一幅黑白照片，是个面目严肃的老先生，眉目与韩子陌十分相似。照片下面的墙，有些焦黑，可见是上过香。也许一年两节，也许清明十五。

八仙桌上面，镶了几只镜框，里面是一张张奖状。其中一张，嵌着一帧很小的相片，也能看见年头。依稀辨得出是个眼睛清亮的少女。她的目光，迎向对面墙上的"无欲则刚"。

韩子陌不避讳，喃喃道："不烧香了，不烧了。我也老了。我爹命比我好，有人送终。我将来，能有童童打个幡儿就能合上眼喽。"

他取下老花镜，屈起手指在眼角擦擦，又戴上了。我还是看见有些混浊的灰闪动了一下。这老人硬挺的身子，此时也塌陷下来。他说："王同志，我爹是个老革命，皖北乡下的粗人。我妈是个女学生，地主出身，嫁给了他。后来跟人跑了，1949 年去了台湾。他说：'粗人好，心正。读书读得多，把人心都读歪了。'可他还是供我读书，念大学。因为我妈走前，给他留了个字条，掖在我包袱裹里，上头写'腹有诗书气自华'。我爹恨读书人，可他又送我读，就为了一张我妈写的字条。这其中的意思，你可明白？"

我不知如何答他，张一张口，终究没说话。

这时候，楼上突然传来断裂的钢琴声，应该是个初学者在练习。老房子的隔音不是很好。这声音就好像一下一下地敲在人的心尖上。老太太忽然弹了起来，因为她听见里屋那张老床发出吱吱呀呀的声响。

小小的身体扭动了一下。慢慢坐起来，然后静止在那里。略弯曲的背，形成一个佝偻的暗影。不是属于这个年纪的，我的心无端地动了动。然后看童童慢慢地从床上下来，脚够了一下地上的拖鞋。慢慢地，踩着断裂的钢琴声，向我们走过来。

大人们在沉默中迟疑了一下。老太太先快步走过去，说："宝宝，醒了，吵着你了？"

童童没有理会她，眼神很空洞，望向远方，渐渐聚拢来，越过自己的外公外婆，最后落在了我的身上。

他的鼻子嗅了嗅，眉心抖动了一下。他靠近我，慢慢伸出手，拉住了我的衣角。他似乎深吸了一口气，靠我更近了一些，最后靠在我的膝盖上。我不知应该作何反应。

韩子陌也有些惊奇，他轻声说："别动。"

大约一分钟后，童童的外婆轻轻摩挲了他的肩膀，说："童童，我们睡觉去。"

童童猛然回过头，一口咬在外婆的手腕上，然后口中发出嘶音。外婆并未本能地甩开，而是纹丝不动，深深皱着眉头。我看到一滴泪水，静静地，顺着她沟壑满布的脸上流下来。

待童童的呼吸均匀了，终于放松了下来，眼里小兽一样的光也涣散了。外婆并不顾手腕上瘀血的牙印，轻轻抚着他的肩头，一下又一下，然后将他带离我。童童看我一眼，挣扎了。挣扎中身上的汗衫被撩了起来，让我看见了他腰间青紫色的伤疤。

外婆一使力，将童童抱了起来，将他抱回了卧室。

卧室的门，在我眼前被无声地关闭了。

我和韩子陌面对面坐着。韩子陌的手颤抖着，打开了电视，里面在播放戏曲节目。一个半老的女人，化了很厚的妆，有些吃力地甩了一下水袖。是《宇宙锋》里的赵艳容。

我终于开口，说："童童的伤还没好，我们请医生验过……"

韩子陌没容我说完，将电视遥控器狠狠地掷在茶几上。他说："这是我们的家事。"

我说："韩老师，这也是案件调查的一部分，希望您理解。"

韩子陌冷笑说："理解，人都已经死了，你要我怎么样？将韩英的尸体起出来，大卸八块吗？"

韩太太不知何时站在我们身后，她轻轻"嘘"了一声，克制地说："你们这样吵，眼里可还有这个孩子？"

她靠近我耳边，压低了声线："王同志，你说，路耀德肯将童童的监护还给我们，是真的吗？"

我猛然抬起头，问她："什么？"

老太太似乎被我吓了一跳。她说："昨天晚上，他来过。"

我心中风驰电掣一般，稍事犹豫，问她："路耀德没提什么条件吗？"

韩子陌愣了愣，说："他要走了一些韩英的东西，说留个念想，还有童童的一些画。拿走就拿走吧，我不会再让这孩子吃这些画的苦。一笔都不让他画了。"

这时，五斗橱上的座钟忽然"当"地响了一声，我这才注意到，外面已经擦黑。我拉开包，从里面掏出那沓照片，给韩子陌看。我说："韩老师，麻烦您看一下，这里面的画您见过没有。"

韩子陌戴上老花镜，一张张翻过去。当翻到其中一张时，他的眼睛突然定住，他说："这张。"

我的眼神也定住了。我说："路耀德拿走的画里，有这张?"

韩子陌摇摇头，说："他拿走的那些，我连看都没兴趣看。不知用了什么手段，让孩子画这些。"

他说完，想起什么，将沙发茶几边上的纸篓拿过来，翻出了几个纸团。他将纸团一张张展开，一边说："这孩子，静下来了，就画个没完。"

这些纸很皱了，但每展开一张，便是一块血红色跳入眼睛。

那是一张红色的脸，属于一只长着红色脸的鸟。

红色的墨水，血淋淋的。

我回到局里时，已经是晚上九点钟。小陈正趴在桌上吃盒饭。我说："还没走?"

她点点头，想起了什么，说："王队，嫂子来过。"

我说："哦?"

186

她看看我，说："今天把手机落家里了吧？嫂子给你送过来了。还有，她说天热，给你送了件换洗的衬衫过来。没赶上你在局里。"

她对我努努嘴。我看见一件鱼白色的条纹衬衫，叠得整整齐齐的，搁在我的桌子上。在并不光亮的灯光下，闪着毛茸茸的晕。

小陈说："王队，你们结婚有六七年了吧？人说七年之痒，你们还那么腻，也真是造化。你看我们家那位，这才一年，我来例假肚子疼，他老人家在家挺尸打游戏，都不肯来接我一下。什么一日夫妻百日恩，我算看透了，是恩爱夫妻不到冬吧。"

我笑一笑，没说什么，将那件衬衫对折一下，放进了公文包。

我打开家里的门，看到卡卡端坐在门口，像是一口钟。它无声地在我裤腿上蹭了一下，然后转过身去，把我的拖鞋叼过来。

它定定地看着我。我换上拖鞋，抚弄了一下它的头。卡卡张开了嘴，舌尖在我手背上轻轻舔了一下。我能感觉到温热的气息。

卧室里有细碎的声响，门打开了。妻打开了灯，说："回来了？"

187

我点点头，说："谢谢你。"

她弯下腰，从地板上捡起一绺浅黄色的绒毛，对着灯光看一看。她说："你该知道，卡卡是你的狗。如果你自己都不当心，没有人能帮得了你。"

这是拉布拉多犬落毛的季节，妻每天很耐心地打扫。在我出门前，必为我换上干净的衣服，并杜绝卡卡与我亲热。

她说："我今天蒸了荷叶鸡，给你留了一点。现在去回个笼。"

我说："别麻烦了。"

妻说："不麻烦。"

厨房里氤氲起了丰熟的香味，传到了客厅来。妻靠在门口，将睡衣的领子理了理，问我："那孩子还好吗？"

我心头仿佛被什么东西触碰了一下，终于说："嗯。他很熟悉卡卡的气味。"

我坐在桌前，打开荷叶。枯败的经络扯起糯米的黏丝。鸡很鲜嫩，是前腿肉。妻对食材总是很细心，甚至谨慎。对细节的在意，符合一个南方人的个性。这道菜或许搁了一个下午，入味了，也入了心。吃了许多年，再谈不上惊喜，但或许我会怀念。

我说："钟晓，我会给你一个交代。"

妻用手支撑着下巴，看着我，脸上是有些疲惫的神情。她收拾碗筷，轻轻地说："王穆，我们好聚好散。"

其实，没人介绍的话，你很难想象路耀德的画廊是宁州市交易量最大的画廊。

或许是因为它地理位置的偏僻，靠近城市西北的游龙区。游龙以前是个郊县，现在因为城市都在扩张，这里成了区，能看见发展的痕迹。沿江的地方也建起了观光步道，这自然是房地产商与政府力量制衡的结果。四周新起了许多楼盘，理直气壮地矗着。这一带河道也经过了整改。浩浩汤汤的江水，奔突中仿佛泄了气，甘做了私家的人工湖。

然而，这间叫"稻暗"的画廊，建在游龙还未开发的地方，是由一处旧式的祠堂改建的。这祠堂的主人，据说整个家族在光绪年间，就迁去了皖南安庆一带。说迁去似乎又不妥，传说祖上便是安徽的一个望族，避祸而来，太平了，便回去了。但是，却留下了这些徽式建筑。黛瓦、白墙历久，斑驳不堪皆原貌保留。屋檐钩心斗角，还十分完整。

外头是一望无际的稻田。第一季的稻，离成熟还早，青绿地摇曳成一片。

路耀德引我走进去。里面也并不堂皇排场，保留了原先的陈设。屋顶上看得到黑灰色的椽子，上面却挂着类似于剧场灯的装置。灯光照射下来，是雪亮的，打在墙壁上是一个个白惨的光晕。每幅画都笼在光晕里。

空气里有湿漉漉的气息。是错觉，画廊容不得潮湿。路耀德说，是一个日本朋友为他的画廊调制的香熏。还有缥缈的音乐，游丝一样。路耀德拿出一只遥控器，将声音开大。咿咿呀呀的女声，我这才听出来，是昆曲。《游园》里的杜丽娘。

这是路耀德为童童策划的第三个个展，主题叫"风筝误"。

童童的画，用的是套镶，裱成了圆形和扇面的形状，倒也古色古香。画意来自昆曲的折子。《三岔口》《小商河》《皂罗袍》，都是似是而非的人形。童童的画，笔触是有趣的。很奇异的收放，线条不拘，然而色彩用得大胆，又纯净，樱桃红、明黄、孔雀蓝。只说《邯郸梦·生寤》，人物后的山石，青绿得响亮，似要叫喊出来；一幅是看不见五官的脸，也不见手足，笼着半透明的长衫，泼墨是飘然的衣袂。题着"浮生如稊米，付与滚锅汤"，也是童童的字迹，稚拙无邪、无拘束。我想起了那孩子眼里的一点光。

我问路耀德："你从韩家拿走的，就是这些画？"

路耀德说："一部分吧。事实上，童童画昆曲主题有一段时间了。我把一些样张给买家看过，从策展的角度，也成熟了。不枉我隔上一阵就带他去'竹苑'看'省昆'的演出。这孩子还是很灵的。"

我说："你怎么知道他爱这个，想画这个？"

路耀德说："爱不爱，你从画里看不出？"

"这幅画呢，你见过没有？"我从口袋里掏出那几张照片。那只面庞血红的鸟，未曾收入童童任何的画册，也没出现在他的每次展览。

路耀德看了看，不动声色地说："没有，对这种随笔画的东西，我也不感兴趣。"

我问："你见过童童身上的伤吗？"

路耀德打量了我一下，说："好，首先，我再重申一次。我有那天不在场的证明。其次，我想你首先应该调查清楚，对于一个自闭症儿童，他一生的花费，包括过去、现在和将来。然后再来评估他父母的行为。"

回到局里，小陈见了我就说："头儿，许医生来了。"

许医生依然面带微笑，轻轻和我握了下手。我能感受到其中隐隐的不安。我问："医生，有新的情况？"

许医生并没有立刻回答我，她说："我去了童童的外公家。听说路耀德放弃了监护权，只是带走了一批画。"

我说："您去了韩家？"

许医生说："童童最新的心理评估报告，结果不太好。老师建议这段时间，由我们心理干预中心照顾孩子。"

我说："为什么？我认为他和外祖父母一起生活是最安全的，对他的心理康复也最有利。"

许医生停顿了几秒钟，用很清晰的声音说："我们也要为他外祖父母的安全负责。"

我愣了愣，终于说："这就是您说的结果？"

许医生拿出一沓资料："这是格拉斯哥大学心理评测中心的研究资料。我在那里进修过，近年一直有合作。这是他们提供的欧洲近二十年的非常罪案记录。"她翻开一页，"挪威的布瑞维克，还有这里，英国的希普曼。"

我顺着她指的地方看去，这张脸我并不陌生，千禧年伏法的英国医生。我说："什么是 Autism Spectrum Disorder？"

许医生不动声色："自闭症候群，简称 ASD。这几个重犯，在少年时都表现出明显的症状。"

小陈深吸了一口气，说："许医生，我们这个案子，你知道作案手法有多么利落。"

许医生似乎下了一个决心，说："关于这一点，我从未怀疑过童童的智商。而且，我们对他的脑结构做了扫描，发现……"

我抬起手，打断了她。我说："许医生，把这些资料留给我吧，谢谢。"

我坐在台灯底下，看那些照片。画上的鸟看不清形状，但大多飞得轻盈，自由自在。

它们有的舒展，有的困倦缩成了一团。每一只的形态，都不相同。童童是在怎样的心情之下，画下了它们？

我说："这些鸟，叫朱鹮？"

小陈未说话，定定地看着我。在确定我不是自言自语后，她说："是。这孩子画的这个，不查的话，真不清楚是已经快

192

绝种的鸟了。只有陕西还剩下一千多只。国家一级保护动物。哦，以前日本也有，还是它们的国鸟，已经绝迹了。"

"日本，你说日本也有？"我回转身，看着那只鸟红色的脸，火烧一样。

"是，二十世纪六十年代还有，后来灭绝了。中国曾经有过援生计划，失败了。"

我看着手里的照片，一些是从路耀德那里拍来的。一张是面容扭曲而娇艳的杜丽娘，眼中却无瞳仁，挥舞着水袖。她的对面是个看不清形容的人。佝偻着身子，没有颜色，暗淡的皴笔，寥寥地勾出了轮廓，像一个幽灵。"良辰美景奈何天，赏心乐事谁家院。"这是一个孩子眼中的昆曲。我们读不懂，但是看得见。孤零零的人形，台下的热闹看不见。

我合上眼睛。

忽然间，我想起了路耀德的一句话："谁还记得老玩意儿，都快死绝了。"

我迅速打开搜索引擎，打下了"朱鹮""昆曲"两个词。

没有太久，我找到了我想看到的东西。"朱鹮"是一个中日传统艺术交流计划。今年的主题是戏曲。

在过去的两个月，宁州市"省昆"与京都上野能剧团，在中国台湾与日本南部巡回，下半年将开始在中国大陆的交流巡演。日方的艺术总监是中村哲也。

半个月之后，我在"竹苑"剧场如愿见到了中村先生。

我走进去的时候，演出已接近尾声。台上是个一身素白的女人，因为光线的幽暗，身上大朵金色的牡丹颜色也压抑了几分。不知是否因头面过于沉重，她举手投足间，都似乎缓慢而凝滞。在同样凝滞的音乐伴奏下，她的声音也是幽咽的，甚至有几分暗哑。我知道这便是能剧，是比昆曲还要式微的剧种。但我并不知这女子扮演的是什么角色，她的行头似乎属于一个中国女人，而脸上过厚的艺伎一般的施粉，却是日本的。我有些惶惑，一边端详这张惨白的脸，和樱红的唇。

我走到了后台，见到了中村先生。他正在卸妆，头面已经除下，惨白的面庞在灯光底下，辨认不出任何表情。他见到我，似乎微笑了一下。皮肤也因微笑泛起了褶皱。我忽然意识到，这是一个上了年纪的人。他问我："王先生，我这出《杨贵妃》唱得如何？"

他的汉语十分标准，缓慢而铿锵，但似乎过于字正腔圆，暴露了作为异国人的身份。

我说："我孤陋寡闻，能剧里也有《杨贵妃》？"

他并不急于回答我的问题，拿起一块卸妆棉，在脸上擦拭。脸颊上现出了这个年岁的人常有的暗黄肤色。于是他的脸开始斑驳。这时他回过头，说："您可能听说了杨贵妃在马嵬坡赐死后，有一段东渡日本的传说。虽然历史上没有确切的考据，但她在日本却是最著名而尊贵的中国女人。当然，这折能

194

剧有对京剧的借鉴，但表现手法是日本的。杨贵妃是中国的，也是日本的。自唐以来，中国很多的东西，现在都是日本的。特别是那些已经消逝的东西，比如建筑、服饰，甚至礼仪。"

我说："所以，您的'朱鹮'计划是为了拯救？"

他笑了笑，露出了并不很白的牙齿："是的，拯救我们共同的东西。当然，有些也许放在日本会更好。"

我也笑了："日本的朱鹮灭绝的时候，中国曾经借过几只，但结果似乎并不很理想。"

他想一想，将嘴上的红色擦了一下，说："适应水土很重要。"

我终于问："您认识路小童吗？"

他微合起眼睛，说："是那个天才的小朋友？虽然他的画我并不是很欣赏，但他有个经营有方的父亲。"

我问："您熟悉他的画？"

中村点点头："是的，而且，或许我会为他找到好的买主。我有兴趣和他们父子合作，设立一个自闭症儿童的艺术培养基金。"

"近期，他似乎对朱鹮很有兴趣。"我说。

"我并不在意他的画本身。"他微合起眼睛，"对不起，我要卸妆了。这些油彩，对于我这个年纪的人，并不是很健康。我已经六十一岁了。"

卡卡这几天很没精神，不愿进食。它已经是一条老狗了。妻给它煮了一碗鸡汤面，面煮得很稀很烂。还将一些狗粮泡在牛奶里面，泡软了。卡卡不吃，它依偎在我脚边，下巴搭在我的脚趾上。很暖、很热，这热力一点点地由脚趾顺着我的腿，传遍了全身。

妻说："莫小伟已经办好了离婚手续。"

我说："你再等等。"

"王穆，你说，我们如果留在江州，会是什么样子？"妻幽幽地问。

我向窗户外面看出去。黄昏了，外面是一片火烧云，很艳很浓，各种各样的形状，在云层的交接处，像是要滴血。我说："现在江州，正在刮台风吧。"

妻说："小时候，我最怕起台风。我们家的一棵老香椿树，是被台风刮倒的。我哭了整个下午。每年，阿婆都会用头生的小母鸡蛋，给我炒香椿吃。阿婆的手艺好，你是知道的。你最喜欢吃她的咕噜肉。阿婆走了，也快六年了。"

我没有说话。

妻说："打小，阿婆最喜欢你，说你是大院圈不住的千里驹。我爹也喜欢，说他当了几十年的语文老师，没一个像你这样有灵气，是读重点大学的料。你去念警校，他惋惜得很。可一个教书的，怎么说得动你爸？你爸一句'子承父业'，谁又说得动？"

一向寡言的妻，像是在自言自语，说了许多。她的脸冲着窗口，夕阳最后的光线，打在她脸上。她的脸色仿佛好起来了。

她说："不都是命？警校挨着美院。该遇见的，一个都跑不掉。遇见了，走掉了，心留下来。我知道，你肯跟我在一起，是灰心了。你说要来宁州，我眼睛都没眨一下，就应下来。只要能跟着你，我甘心。"

我看着她，犹豫了一下，还是冷冷地说："你和莫小伟，还有后半辈子。你再等一等。"

妻微笑了，说："好，我再陪你走一程。"

中村哲也的身份，终于调查清楚了。他成立的所谓基金会，是一个国际艺术品的走私平台。几次传统文化交流的项目，成功地促成了三百多件文物的地下交易。

而与以"朱鹮"为名的中日传统戏曲项目有关的，是七幅初唐时期的金箔画。

我在一个午后造访了他。中村卸了妆的样子，不阴柔，也并不老于世故。这是个标准的艺术家的样子。一头鹤发，眼睛很清澈，不像是这个年纪的人该有的眼神。

他见了我，不意外，而是直接走到客厅中央的茶海前，说："这工作室少有贵客光临。朋友刚送了上好的单丛，独乐不如对乐。"

我也坐下来，看着对面的墙上挂着的一张巨大的脸谱。一半是红色的关羽，一半是白色的赵高。我说："您这挂的，一忠一奸，倒是壁垒分明。"

中村慢条斯理，将一杯洗茶的水倒进了黄花梨的茶海。执起闻香杯，在鼻前轻轻转动。虽说是中国茶，但他的一招一式，如同日本茶道般法度谨严，几乎是有些拘泥了。做完了这些，他才用双手捧起一杯，递到我手上，说道："王先生说是分明，依我看倒像是在一张脸上合璧。世上大奸大善的究竟是少数，多半都是混混沌沌的囫囵人。就好像这茶，多好的茶，洗得再干净，也还是有些旁的东西留下来，让我们喝下去。"

我抿上一口，果然是好茶。茶香清冽，醒了神。

中村又泡上一泡，笑笑说："王先生一个人来，再好的雅兴，也不是找我喝茶的吧？"

我也笑一笑，说："我是为'朱鹮'而来。"

中村说："哦？我们这个基金会，有此荣幸，让中国的警界保驾护航？"

我说："我们要护航的，是我们自己的东西。"

我拿出一沓照片，指给他看。"这是基金会分别在北京、上海与苏州交易的五幅现代画。作者是路小童。如果消息来源可靠，剩下的两幅将要在宁州交易。"

中村哈哈一笑，说道："这是我和小朋友父亲之间的秘密。"

我放下照片，望着他："如果我没猜错，这秘密现在就在您的保险箱里。两幅《朱鹮》，也包括嵌在画框里的金箔画？"

中村定定地看着我，手摸向书桌上的传呼器。

我迅速地掏出枪，指向他，说："是的，是你，利用了这个孩子。你用了两年时间，逼迫他做他并不想做的事情，大量地生产所谓昆曲主题的水粉画。你和路耀德，利用了他有一个偏执的母亲，要在一个自闭症的孩子身上实现凡人的理想。她不能输，她不惜对孩子用暴力。这些你恐怕都是知道的。现在，这个母亲死了，你又想用他的爸爸争取监护权。当你意识到这男人和童童没有血缘关系时，你开始草草收网了，不是吗？"

我将枪对准了中村的太阳穴，大声地说："如果这孩子是你的，你会这样做吗？你忍心下得了手吗？"

我知道我的声音，开始歇斯底里，我知道我开始失控。然而，我也突然间，感受到一种虚弱，席卷而来。我的食指颤抖着，将扳机扣下去。

这时，我的肩头忽然酸软了一下。我扭过头，看见小陈的脸。我看到血汩汩地流淌出来，是我的血。

审讯室灯光太亮，如同白昼。为何以前我不会觉得这么亮？

我很困，但是这灯光太亮，将我合上的眼睛又撑开来。我坐在嫌疑人的座位上，面对着我的同事。

小陈的声音有些发涩："王穆，2015年5月12日发生在祥和小区五栋502室的凶杀案，警方已经掌握了足够的证据，指认你为第一嫌疑人。你有什么要说的吗？"

我愣了愣，说："我可以说什么？我说得再多，最后报纸上都是四个字，'供认不讳'。"

小陈说："王穆，你和被害人韩英认识？"

我说："是。"

"记得你们第一次见面的具体时间吗？"

我低下头。

小陈说："据你的妻子钟晓供述，你们是在你就读江州警校二年级，也就是1995年认识的，是否属实？"

听到这里，我苦笑一声，说："她倒比我记得清楚。是，没错，那一年秋天。我们学校附近的江州美术学院在招聘模特。人体模特，酬劳不错。我想赚生活费，就应聘了。那时已经是深秋，画室里的暖气不足，我光着身子站在桌子旁边，冷得打战。这样站了两个小时，感冒了。我穿衣服时，前排有个女生递了一个暖手炉给我，是韩英。

"后来，我们就好上了。不过没有人知道。我家那个倔老爷子给我订过一门娃娃亲，因为钟晓的爹，在'文革'时候救过他的命。韩英对我也没意思，她是心大的人，和我这个粗人没有共同语言。不过她喜欢和我睡觉，我们就断断续续地睡了两年。可在这两年里，我爱上了韩英。"

小陈说："韩英毕业后，你们还有联系吗?"

我摇摇头说："韩英回了宁州，没再和我联系。后来我知道她结了婚，有了孩子。"

审讯室的光线让我有种奇特的不适应感。这是第一次。我试图低下头，让光线不那么刺眼。我想，这样我更像是对自己说话，渐渐不那么难堪。

"都是三年后的事了吧。我是三年后去的宁州，放弃了在江州的升职机会。那是韩英的城市。我只想离她近一点。在这期间，我看了许多美术方面的书，每看一本，就觉得离她近了一点。

"我并不想打扰她。我和妻过着平淡的日子。她是个好女人，但因为心脏不好，我们无法生孩子。我知道她多么想做一个母亲。但我却并不很想做她孩子的父亲，是上天成全。我没有别的爱好，只是喜欢看画。韩英最喜欢的画家是西班牙的委拉斯开兹，与荷兰的鲁本斯。我记得一个雨天的黄昏，我们做爱之后，她支起了画架，画我。我们都赤裸着身体。作为一个模特，我并不称职，曾经在台上紧张得双腿发抖。但此时我从未觉得身体如此放松。我看她将我画成了一个松懈的人形，她用油彩在我肩上画了一头麋鹿。我们又做了爱。

"宁州是省城，画展很多，还有各种讲座。这使我成为一个成熟的美术爱好者。但我忘不了的，仍然是在每一次做爱后，韩英偎在我怀里，给我讲文艺复兴、印象派和达达主义。她的眼睛微微合着，声音很轻柔，像是看着一幅画，在我们眼前的远方。

"我在宁州平静地过了三年，直到有天在电视里看见童童。这孩子刚刚获得国际大奖，是这个城市的天才儿童，但有自闭症。她的母亲没有放弃，而是不遗余力地培养他。我看到镜头里的韩英，记者在采访她。她仍然微合着眼睛，语气轻柔，我听得出她很疲惫。

"那孩子宽阔的额头和下垂的眼睑，让我觉得似曾相识。虽然我并不确信。

"哦，你们觉得并不像是吗？但是，这是一个父亲的直觉。

"此后我渐渐知道了韩英这几年发生的事情，知道她离了婚，也听到她奉子成婚的传言。我想，她的前夫离开，必然有一些原因。如果是出于对一个自闭症孩子的厌恶，他为何仍然愿意做童童的经纪人？

"哦，是的，我是第二年搬进了韩英附近的小区。我没有选择，但这种想法太烧灼。我和钟晓从未有过争吵。当她发现了这与韩英有关，情绪变得激动。我说：'你不能阻止我守着自己的孩子。'

"钟晓说：'如果我能证明这不是你的孩子呢？'

"我说，那我们就搬走。

"后来吗？是的，事情就像钟晓对你们说的。我们想了一些办法，对童童做了 DNA 检测。不，这要感谢卡卡。钟晓在一次遛狗时与韩英母子不期而遇，发现童童异乎寻常地喜欢卡卡。她摸清了韩英带着童童出来散步的规律。是的，她弄到了童童的头发。

"哦，我并不担心。首先，你们知道这些旧小区的格局。我们所住的单元，离韩英的相隔九栋。我们从不同的小区出口出入。并且，撞到了韩英，对我而言并不是坏事，我求之不得。但是，钟晓却很防范这一点。事实上，我的确一次都没有碰见过她。

"是的，我也很吃惊钟晓在这件事上的诚实。或者她也很想知道答案，或者她太过自信。看到 DNA 亲子鉴定结果时，她哭了。

"嗯，事情的确不是那么美好。当我发现小区旁边那座山丘上有座废弃的碉堡正对着韩英起居室的窗口时，我自然感到兴奋。是的，望远镜就藏在碉堡里，但你们找不到的。钟晓也不知道。作为一名职业刑警，我的反侦查能力很不错。

"我一般是在晚饭之后才去。人比较少，更重要的是，那是童童作画的时间。我想看他是怎么画画的。

"童童很安静，他作画的时候，有着普通孩子不及的耐心。他可以整个小时不挪动位置。将各种绚丽的颜色，按照他的逻辑呈现。这是他的世界。我看着，几乎入了迷。

"是的，当我第一次看到韩英打童童，我也很吃惊。我以为我看错了。但是，她的确很使劲儿地打他。动作激烈而用力，像在打一个东西。

"那一次，我的太阳穴剧烈地疼痛，但我知道自己无能为力。后来，我发现，她对童童的殴打似乎没有原因，甚至形成某种奇怪的规律。多半发生在晚上九点左右，童童在作画，有时在做别的事情，突如其来就遭到了殴打。但她不会打孩子的脸。童童挨打时，没有任何反抗，至多是瑟缩在墙角，用手抱着头。后来甚至头也不抱。

"再后来，我看到了路耀德。

"路耀德频繁地出现在韩英家里。不，路耀德没有打过童童。当韩英打孩子时，他通常在抽烟。但过后，他会给韩英服用药物，让她镇静下来。他很喜欢看着窗外，有那么一两次，我甚至以为他看到我了。

"不，他和韩英没有任何肢体上的接触。所以我一开始也纳闷儿他为什么会出现。当然我跟踪过路耀德，那时他已经与助理同居。至于和韩英，我没有看到他们之间有过性行为。他们也争吵过。韩英似乎有些歇斯底里。路耀德只是给她服用药物，是的，还看到过静脉注射。

"有一次，我看到童童被打晕了过去。我看着他，一直等到他醒来。他抬起眼睛，眼里没有光。他向窗口看过来，和我的眼睛撞上。我当时吓了一跳，又忍不住迎向他的目光。我们中间隔着遥远的距离，茂密的灌木丛中，在废弃的碉堡里，是我的眼睛。

"我看着，我的儿子。

"这是我计划的开始。我必须要阻止。

"是的，我等待了很久，等到了路耀德出差的日子。知道这一点并不困难。路耀德收购画廊的计划，并未严格保密。在这个没有男主人的家里，他是唯一可能坏事的人。而且，鉴于他与韩英特殊的关系，他的嫌疑很难逃脱。

"韩英对于时间，有可怕的执着。她会在十点钟准时进浴室洗澡——路耀德来访的日子除外。当她独自一人时，她会在洗澡前为自己注射镇静药物。这或许是她一天最平和安静的时候，也是我唯一可以动手的时机。

"至于童童，你问得很好。在此之前，我们没有见过。我甚至担心我会因此产生一瞬间的软弱。是的，对于初见的人，他可能会本能地警惕。我对于他的辨识能力，并没有很准确的把握。

"所以，其实我已经准备了钥匙。嗯，不时之需。但那引起的后果，是不可预计的。

"我戴着路耀德常戴的同款礼帽，穿着黑色宽大的府绸衬衫，模仿他的方式按动门铃。那种轻浮的按动门铃的方式，我研究了很久。门打开了，是的，我看见了童童。但是他的目光却落在我脚下，是卡卡。

"是的，小陈，你曾经说过，邻居没有听到任何异常的声响，童童或许看到了熟悉的人。嗯，你只说对了一半。童童看到的，是熟悉的狗。那天，房间里的灯光昏暗。或许童童只是闻到了熟悉的气味。这一年多，钟晓带着卡卡，与黄昏散步的童童母子，一次次不期而遇。卡卡对童童来说，是一只善意的狗。

"我顺利地进入了房间。我将童童与卡卡带入了储藏室，关上门。我看到童童最后的动作，是将脸埋在了卡卡的皮毛里。我甚至没有用乙醚。当然，接下来我用到了，我打开浴室的门，看到了阔别已久的韩英的脸。她看见我，还未及做出惊奇的反应，便昏死过去。

"她的血先是喷到了洗手台上，然后汩汩地流出来。我感觉到她的身体渐渐冷却。我一边擦拭血迹，一边才开始打量这具曾经和我做过爱的身体。这具身体也老了，短短几年，肌肉已经开始失去弹性。她躺在浴缸里，因为松弛，好像漂浮在水面上。乳房绵软地漂浮着。这时她的面容，出奇地宁静。与我在望远镜中看到的判若两人，这才应该是她本来的样子吧。

"我清理干净。走了出来，用了一种荷兰产的无味清新剂。是的，它的作用显而易见，可以去除房间里我与卡卡的气味，以及干扰警犬的嗅觉。

"童童看着我，同时抱了一下卡卡。我试图拥抱他一下，但是忍住了。这个孩子自始至终保持着安静，他与人有独特的交流方式。我指了一下卡卡，对他做了一个噤声的手势。

"嗯，接下来，说说朱鹮。

"接到韩子陌的报案后，我延迟了几分钟，才到现场。我需要我的同事们在我之前将取证收集充分。我并不担心童童认出我。这是个缺乏语言能力的孩子。没有人可以为他的行为能力负责。但是，让我吃惊的，是桌上那几张朱鹮的图画。是的，正是许博士拿走的那几张。这是在我离开之后，童童画下的。我很难想象，他以怎样的心理状态画下了那些画。

"那几张画和后来的一样，稚拙而绚丽。虽然只有灰白与红色，但那红色真的十分绚丽。我不知童童为什么要画下那些画。

"是的。我认识到这些画的意义，是从路耀德放弃了监护权开始的。路耀德很幸运。如果他不放弃，那么我下一个动手的目标就是他。我自然不相信，在他与韩英离婚后，会为了保持童童的本地与国际声名而不遗余力。但我一直无从解释，直到我认识到了朱鹮的意义。

"天可怜见，如果韩英知道了事情的真相，不知作何感想。或者，她本来就知道，自欺欺人，也要将天才儿童的母亲一直扮下去。

"你们赶到得很及时，我没有打算和中村同归于尽。我已经时日无多。钟晓也没有必要告发一个三期淋巴癌的病人，这对她而言等同于自首。她太软弱，我不需要她的同情。她这辈子都毁在软弱上。

"一切本可以悄悄结束的。

"你们说什么？她没有告发我。那么，你们从什么时候开始怀疑我的？"

小陈没有说过多的话。这时候，我看见许医生走进来，打开了幻灯机。我看见她将一张幻灯片放上去。

哦，童童画的朱鹮，在我离开的那天夜里，他画下的。白色羽翅，青灰色的颈项，还有血红的头部。在对面的幕布上，惨白的光晕里，红得像血滴下来一样。又一张，叠在这一张上。这是一张回身轻啄羽毛的鸟。红得更浓重了些。然后是第三张、第四张，我看到错综的线条交缠在一起，像是形成了某种轮廓。第五张、第六张。鸟的形状渐渐湮没在了同类的交叠中，那轮廓越来越清晰。我的呼吸急促，有一种恐怖的感觉漫溢上心头。

当第七张图片摆在幻灯机上的时候，我看到了一张完整的男人的脸。这张脸写实得如同一张相片。纤毫毕现，栩栩如生。

那是我的脸。

龙

舟

在于野的印象里，香港似乎没有大片的海。维多利亚港口，在高处看是窄窄的一湾水。到了晚上，灯火阑珊了，船上和码头上星星点点的光，把海的轮廓勾勒出来。这时候，才渐渐有了些气势。

于野在海边长大。那是真正的海，一望无际的。涨潮的时候，是惊涛拍岸，不受驯服的水，依着性情东奔西突。轰然的声音，在人心里发出壮阔的共鸣。

初到香港的时候，于野还是个小孩子，却已经会在心里营造失望的情绪。他对父亲说："这海水，像是在洗澡盆里的。安静得让人想去死。"父亲很吃惊地听着九岁的儿子说着悲观的话。但是他无从对他解释。

他们住在于野祖父的宅子里，等着祖父死。这是很残酷的事情。于野和这个老人并没有感情。老人抛弃了内地的妻儿，在香港另立门户。一场车祸却将他在香港的门户灭绝了。他又孑然一身了。这时候，他想到了于野的父亲。这三十多年未见的儿子是老人唯一的法定继承人。

祖父冷漠地看着于野，是施舍者的眼神。他却看到孙子的表情比他的更冷漠。

这里的确是不如五年前了。

于野站在沙滩后的瓦砾堆上，这样想。他已是个二十岁的年轻男人。说他年轻，甚至还穿着拔萃男校的校服，其实他在港大已经读到了第二个年头。而他又确乎不是个孩子。他静静地站着，瘦长的站姿里可以见到一种老成的东西。这老成又是经不起推敲的。二十年冷静地成长，使他避免了很多的碰撞与打击，他苍白的脸、他的眼睛、他脸上浅浅的青春痘疤痕，都见得到未经打磨的棱角。这棱角表现出的无奈，是他这个年纪的。

是，不如五年前了。他想。

五年前，哪里会有这么多的人。

中三的时候，于野逃了一次课，在中环码头即兴上了一艘渡轮，来到这里。船航行到一半，水照例是死静的。所以，海风大起来的时候，摇晃中，于野几乎产生了错觉，茫茫然感到远处应该有一座栈桥，再就是红顶白墙的德国人的建筑，鳞次栉比地接成了一线。

没有。那些都是家乡的东西。但是，海浪却是实在的。

靠岸了，香港的一座离岛。

于野小心翼翼地走下船，看到冲着码头的是一条街市。有一些步伐闲散的人。店铺也都开着，多是卖海鲜的铺头。已经是黄昏的时候，水族箱里的活物都有些倦了。人也是。一个肥胖的女人倚着铁栅栏门在烤生蚝。蚝熟了，发出嗞嗞的声响，一面渗出了惨白的汁。女人没看见似的，依旧烤下去。一条濑尿虾蹦出来。于野犹豫了一下，将虾捡起来，扔进水族箱。虾落入水里的声音很清爽，被女人听到。女人眼神一凛，挺一下胸脯，对于野骂了一句肮脏的话，干脆利落。于野一愣神儿，逃开了。

一路走过，都是近乎破败的骑楼，上面有些大而无当的街招。灰扑扑的石板路，走在上面，忽然"扑哧"一声响，溅起一些水。于野看一眼被打湿的裤脚，有些沮丧。这时候一个穿着警服的人，骑着一辆电单车，很迟缓地开过来。打量一下他，说："年轻人，没返学哦，屋企系边啊？"他并不等于野回答，又迟缓地开走了。于野望着他的背影，更为沮丧了。

路过一个铺头，黑洞洞的，招牌上写着"源生记"。于野探一下头，就见很年老的婆婆走出来，见是他，嘴里发出"咄"的一声，又走回去，将铺头里的灯亮起来了。于野看到里面，幽蓝的灯光里，有一个颜色鲜艳的假人对他微笑。婆婆也对他由衷地笑，露出了黑红色的牙床。向他招一招手，同时用手指掸了掸近旁的一件衣裳。这是一间寿衣店。

213

海滩，是在于野沮丧到极点的时候出现的。

于野很意外地看着这片海滩，在弥漫着烟火气的漫长街道的尽头出现。

这真是一片好海滩。于野想。

海滩宽阔平整，曲曲折折地蔓延到远处礁岩的脚底下，掠过了一些暗沉的影。干净的白沙，松软细腻，在斜阳里，被染成了浅浅的金黄色，好像蛋挞的脆皮最边缘一圈的颜色，温暖均匀。

于野将鞋子脱下来。舀上一些沙子，然后慢慢地倾倒。沙子流下来，在安静的海和天的背景里，发出簌簌的声音。犹如沙漏，将时间一点一点地筛落，没有任何打扰。风吹过来，这些沙终于改变了走向，远远地飘走。一片贝壳落下来，随即被更多的沙子掩埋。头顶有一只海鸟，斜刺下来，发出惨烈的叫声，又飞走了。

于野在这海滩上坐着，一直坐到天际暗淡。潮涨起来，暗暗地涌动、迫近，海浪的声音渐渐大了，直到他脚底下，于野看到自己的鞋子乘着浪头漂起来，在水中闪动了一下，消失不见了。

七年，于野对这座离岛的造访，有如对朋友，需要一些私下的、体己的交流。

他通常会避开一些场合，是有意识地擦肩而过。清明、一年一度的太平清醮、佛诞，通常都是隆重的，迎接各色生客与熟客。这离岛，是香港人纪念传统的软肋。后来回归了，这里又变成了驻港部队的水上跳伞表演基地。每年国庆，又是一场热闹。

海滩是纷繁的，然后又静寂下来。这时分，才是给知交的。静寂的时候就属于于野了。他一个人坐在这静寂里，看潮头起落，水静风停。

但是，人还是多起来了。当于野在一个星期二的早晨，看见混着泡沫的海浪将一只易拉罐推到了脚边，他不禁皱了皱眉头。观光客、旅行团，在非节假日不断地遭遇。当他们在海滩上出现的时候，欢天喜地的声音掺在海风里吹过来。政府又将海滩开放，帆板与赛艇，在海面上轻浮地划出弧线。

他终于决定，选择晚上来。这岛上喧腾的体温，彻底沉顿了。穿过灯光闪烁的街市，火黄的一片。在这火黄将尽的时候，就是一片密实的黑了。

这一天，于野站在沙滩后面的瓦砾堆上，遥遥地望过去。看见涌动的人头，无奈地抖了抖腿。端午这天来，实在是计划外的事情。父亲将那女人接回家里了。若是她老实地待在医院里安胎，于野是不会出门的。

端午，在这座城市或许是个萧条的节日。这里的人，对春夏之交素无好感，闷热阴湿的天气，可以在空气中抓出水来。

端午前后吃粽子，间或会想起屈原这个人。而到了农历五月初五这一天，平凡人家，通常是轻描淡写地过去。

所以，于野看见海滩在黄昏的时候，竟然缤纷成了一片，实在出乎他的意料。远处有些招展的旗帜，有些响亮的呐喊。望得见穿着不同颜色背心的男人扛着龙舟走过来，一面喊着号子。

待这些龙舟在沙滩上稳稳摆定，于野禁不住走近前。这些船，通体刷着极绚烂的色彩。龙的面目可掬，都长着卡通的硕大的眼，一团和气。龙头被打扮得花枝招展，缠着红绸，插着艾草。

于野倏然明白，这是岛民一年一度的龙舟竞渡。

选手们在岸上热身，供围观的人品头论足。

一个长者模样的人，一声令下，龙舟纷纷入了水。

这时候有鼓乐响起，不很纯熟，气势却很大。于野这才看到，岸上的人群中，还有一群年轻的男孩子站得笔直，雪白色的制服和黑裤，其中却有两个底下穿的是斑斓的苏格兰裙。黑红格的呢裙底下，看得见粗壮的小腿。这大概是这岛上应景的乐队，继承的也是传统，却是来自英伦的。

就在这鼎沸的声音里，过去十几分钟，龙舟遥遥地在海里立了标杆的地方聚了，那里才是比赛的起点。

一面鲜红的大旗，迎风"哗"地一摇，就见龙舟争先恐后地游过来。赛手们拼着气力，岸上的呐喊响成一片，不知何时又起了喧天的鼓声。那是船上的鼓手打着鼓点控制着摇桨的节奏。

一条黄色的船，正在领先位置。鼓手正站在船头，甩开了胳膊，大着力气敲鼓，身上无一处不动，洋溢着表演的色彩。

于野在这喧腾里，有一种不适。但是，他又逼迫自己看下去。很意外，耳膜在这击打之下产生了快感，一触即破。或者说，其实是苏醒了。在祖父的宅子里，沉闷幽暗的流年侵蚀下退化的感觉，在这喧腾噬咬下苏醒了。

于野不禁跟着呐喊了一声，喊得猛烈而突兀，破了音。他有些羞惭地住了口，但是并没有人听见。他的声音，被声浪彻底吞没了。

这时候，海天相接的地方，波动起来。亮起了火烧一样的颜色，是夕阳坠落。龙舟行进得越发地快，好像也被燎上了火。人们也越发振奋起来，聚拢，再聚拢。

到了冲刺的阶段，却有一条红色的船，一连超越了好几条，最后超过了黄色的那条，到了近岸的位置，居了第一。

裁判将大旗插到红色龙舟的船头上。于野心里一阵怅然，觉得与胜利失之交臂。

与铺垫相比，这龙舟的赛事，过程太过简洁。

乐声又响起。这回却不同，没有嘈杂，是那两个穿格子裙

217

的男孩吹奏风笛。苍凉喑哑的单纯声响远远铺展，和这雀跃的背景有些不称。

　　暮色到底是降临了，使得这表演性质的活动近乎谢幕。

　　人渐渐都散了。乐队的其他成员开始交头接耳。龙舟又被扛起来，缓缓挪动开去，这回没有人喊号子。龙头上巨大的眼睛和喜乐的面目未得其所。吹奏风笛的男孩子，并排地迈动步伐，吹出的声音更沉郁了一些。两个人，脸上令人费解地庄严肃穆，好像是参加丧礼的乐师。这时候，于野看见一个白色影子，缓缓跟随这支乐队，消失在暗沉里。

　　人终于都走了。海滩上再次安静。这安静是属于于野的。他欣慰地叹一口气，坐下来。

　　于野四望一下，确信这是他熟悉的那个海滩。海那边汇聚了一些褐色的云，月亮升起来，在云的间隙里行进，渐渐躲到礁岩背后去了。温度下降，有些凉。

　　他眯起眼睛，将这海滩的轮廓梳理一遍。看见个瘦长的影子，那不是这海滩惯有的，是一个弯曲的昂首的形状。于野站起来，遥遥地望过去，仔细辨认，发现是一只被遗落的龙舟。

　　这龙舟在这沙滩上，笼在月光里，分外安静。没有了游弋的背景，终于成了一个死物。

　　于野走过去，摸一摸那龙的头，还是潮湿的。彩色的绸成了精湿的一条，有气无力地搭在龙角上。角上挂着一支桨，桨叶缠上了水草。于野拎起来，突然，有什么东西落在他脚上，窸窸窣窣地，惊惶间爬走了。是一只小蟹子。

于野舒了一口气，扔下船桨，转身要走开。

背后有风吹动织物的声音，隐隐间有些寒气沿着耳畔袭来。

于野回过头，看见一个白色的身影立在船尾。

白色的身影说："你在做什么？"

于野站在原地，慌乱了一下，镇静下来。因为这声音很好听，有着游丝一样的尾音。

于野说："没做什么。"

白影子走过来。是个女孩子，看上去和于野的年纪相仿。她抬起头，撩开头发，是张苍白圆润的脸。

"你不是这岛上的。"

于野没有答话。看女孩的白裙子在海风里飘扬起来。这裙子的质地非常单薄，绢一样。于野想，她会觉得冷。

女孩凑近了一些，打量他，然后说："原来是拔萃的，名校。"

于野抬起手，有些不自在，挡了挡衬衫上的校徽，一面说："毕业了。"

女孩笑了，笑得有些发苦。这时候月光亮了一些，于野看清楚了她的面目。女孩长着那种细长上挑的眼睛。眼角很锋利地向鬓角扫上去，大概就是人们说的凤目。这在广东人里是很少的。

这眼睛的形状，让她的神情变得有些难以捉摸。女孩说："毕业了还穿校服，扮后生？"

于野说："对，扮后生。"

女孩问："你是不是常来这里？"

于野想一想，点点头，又有些不甘心地问："你怎么知道？"

女孩眉毛挑起来，像是在于野身上寻找着什么。于野听见她轻轻地说："你虽然不是这岛上的人，但你身上有这岛上的气味。"

女孩说了这句话，朗声笑起来。这笑声在夜风里打着颤，有些发飘。

于野皱了皱眉头，觉得这笑声不可理喻。但是不由地，他觉得这陌生女孩的笑声吸引了他。

待女孩的笑声平息了，于野鼓起勇气，问："你是这岛上的？"

女孩的神情突然变得严肃了，她说："是吧。"

于野不知如何接，轻轻地"哦"了一声。

女孩遥遥地指了指岛的西边，说："我住在那里。"

"为什么来？来看龙舟竞渡？"

女孩拢一拢裙子，在海滩上坐下来。同时指了指身边，于野愣了愣，也坐下来。

女孩侧过脸看他一眼，头发被风吹动，发梢掠向一边。她脖子上的皮肤很白，看得见透明的、青色的血管。女孩并没有说更多的话，于野感觉到有一股凉意袭来。

女孩说："听你的口音，你不是在这儿出生的。"

这句话刺痛了于野，却也在静默之后，为两个人的交谈打开了一个缺口。

于野抓起一把沙子，缓缓地，任沙子从指缝中流下来。

他想起了母亲。

来到香港第一年，母亲去世。父亲是于野唯一的亲人了。这个寡言的男人，为打理祖父的公司，未老先衰。原本不是做生意的料，做到了鞠躬尽瘁。败顶、大肚腩，外加风湿性心脏病。没有恋爱，偶尔有性。不同的女人在家里出入，如同走马灯。然而，有这么一天早晨，一个女人让于野感到面熟。这个女人从干衣机里拿出衣服，一件件叠好。看见于野，将整齐的一摞衬衫、睡衣、底裤递到他手上，说："你的，拿好。"

于野脸一红，将衣服掷在地板上。

七年过去了。

这面目朴素的女人仍然没有名分。

每年于野的生日礼物，都是她买的。如果是应景也就罢了，但偏偏每样礼物都买到了于野的心坎里。于野是个物欲淡漠的男孩，只喜欢极少数的东西。十二岁那年，他看见书桌上多了一只限量版的咸蛋超人。这玩具曾令他朝思暮想，那感觉如同折磨。

他拒绝。女人捉过他的手，将礼物放在他手里。

那是双绵软温热的手。

女孩说："以前，端午赛龙舟，要先唱龙船歌。你听过吗?"

于野摇摇头。

女孩轻轻哼唱，于野听不懂词句，但觉出了旋律的沉厚。女孩唱一段，将歌词念出来："锣鼓停声，低头唱也，请到天地初开盘古皇，手拿日月定阴阳，先有两仪生四象，乾坤广大列三纲……"

女孩说："这是首古曲，早就没人唱了，是家传的。我们家没有男丁，祖父就教给了我。"

于野静静地听。这歌很长，女孩不知疲倦地唱下去。

他想起，女人也是爱唱歌的。最爱唱一首《茉莉花》。

"好一朵美丽的茉莉花，好一朵美丽的茉莉花，芬芳美丽满枝丫，又香又白人人夸……"

那晚女人唱着这首歌。于野经过她的房间，门虚掩着。于野看见她的身体。女人在父亲身上扭动，好像一只白海豚。于野只见过一次白海豚，在屯门。光滑丰腴的白海豚，从海面上一跃而起，同时甩了一下尾巴，发出喑哑的叫声。

他看见父亲放下手中的红酒，走过去，抚摸她，将她穿好的衣服剥落，如同蝉蜕。他看见她跨坐在父亲身上，再一次，如同白海豚一般呻吟、浅唱。父亲发福的身体上，颠簸中的是她滑腻的背与臀。父亲是她的船，在欲望的海潮中且停且进，渐行渐远。突然，她禁不住嘶喊了一声，这声音令于野忍无可忍。他在膨胀中，挣扎着走了几步，拉下了电源总闸。

黑暗中，于野欣慰地听见，这对男女从欲望的潮头掉落下来了。

夜里，于野梦见自己骑在一头白海豚身上，白海豚平稳地游动，忽而在空中翻腾了一下，他也跟着它旋转、翻越，在茫茫然的海浪中穿梭、起落。然而，就在他们沿着最高大的浪峰攀登的时候，他感到背上一阵锐利的痛。他回过头，看到父亲手中的匕首，滴着血。他虚弱地在空中抓了一下，击打了一下海面，慢慢地、慢慢地跌落在阴冷湿滑的海底。

于野猝然醒来，坐起，见自己笼在清亮的月光里，无处藏身。他愣了愣神，羞惭地将底裤脱下来，扔到了床底下。当他放学回来的时候。看见那条底裤正与其他衣服一起，在阳台上湿漉漉地滴着水。女人放下手中的晾衣竿，回过头，对他笑了笑，笑得很温柔。

于野突然觉得喉头发干，他从包里拿出一瓶可乐。想了想，又拿出另一瓶，递给女孩。

女孩侧过脸，看见可乐铝罐。突然惊叫一声，她掩住面，嘴里说："拿开，拿开。红……"

女孩神经质地抖动，将头放在膝盖间。于野突然感到厌恶，但是，他还是将可乐放回包里。

女孩说："我要走了。"

于野并没有抬头。

月亮已经升到头顶。一轮上弦月，发着阴阴的光。

于野看见海滩的东边，是一排长长的建筑。有一两个窗子亮着灯。其中一个在他看的时候，迅速地熄了。

这些混凝土的小楼原是民居，后来因为来岛上的人多了，便被岛民改建成了简易的度假屋。只是看起来，生意并不景气。

于野是不预备回家去了。踌躇了一下，向那边走去。

经过了刚才落脚的瓦砾堆，于野突然停住，他揉一揉眼睛，看到一堆碎石下面，无端地开出一枝艳异的白色花朵。在夜色里招摇得不像话，于野看了看，更快地走过去。

度假屋外面，有一个门房。看起来兼营着小卖部的营生，卖零食和饮料，租借烧烤工具，在醒目的地方还摆着各式的安全套。于野扫了一眼，一个精瘦的男人走过来，说："要浮点的，还是水果味的？新货。"

于野说："我要住店。"

男人拿出一本簿子，问："一个人，过夜吗？"

于野抬头望一眼黑黢黢的天，说："嗯。"

男人戴上眼镜，打量他一下，说："身份证。"

于野将身份证掏出来，男人看了看，又向他背后扫一眼，说："没别人吧？"

于野并没答他。男人自说自话："现在做生意不容易，小心驶得万年船。去吧，303。往左拐，第二个门洞。"

于野上了楼，听见木楼梯在脚下吱吱嘎嘎地响。

上到三楼，找到303。看见似乎新漆过的一扇门，本应该是亮蓝的颜色，在日光灯底下有些发紫。

于野掏出钥匙，打开门。一百来尺的房间，里面还算整饬。墙上贴了淡绿的墙纸，星星点点地缀着草莓的图案，经了年月，有些旧。靠墙放了一个木台，上面摆了个床垫。床单和被罩也是淡绿色的，透着白，看得出洗了很多次。电视是有的。打开冷气机，隆隆的声响过后，房间却也凉快下来。

靠阳台的地方，居然还摆了一个电饭煲。于野将锅盖揭开，里面摆了整齐的一副碗筷，只是碗沿上残了一块。

于野将阳台的门打开，腥咸的海风吹进来，味道有些不新

225

鲜，听得见海浪迭起的声音。月亮已经不见了，眼前是界线模糊的一片黑。在靠近礁岩的地方，辨得出有一条弧形的影，那是被人遗落的龙舟。

这房间里有个仅容得下一人的小浴室。没有门，挂了一个粉色的半透明塑料帘子。于野将帘子揭开，看见迎面的白瓷砖的墙上，赫然写着八个黑色大字：

禁止烧炭，违者必究。

浓墨重彩。

于野想起男人看他的眼神，明白了。这几年，来离岛烧炭成了香港年轻人流行的自杀方法，多半是为殉情。于野倏然感到这警告的滑稽，烧炭如果成功了，谁又去追究谁。

不知道这里是不是案发现场。这样想着，他笑了一下。将水龙头打开，热水不错，有些发烫。

于野脱了衣服，冲洗。浴室里摆了浴液，于野挤了些在手上，是廉价的香橙味道。他皱皱眉头，将水开得更大了一些。帘子受了水的击打，雾气缭绕间，颜色陡然变得妖娆，似是而非的桃色。

他关上水龙头，热气散了。镜子里是张苍白的脸，发着虚。

浴室里有一条浴巾，于野没有用。湿淋淋地出来，将衣服铺在床单上，躺在上面，晾干。天花板上有些赤褐色和黄色的

226

痕，大概是因为雨天阴湿，蜿蜒流转而形成的。

这时候，于野听见敲门的声音。他没有动弹，声音更急促了一些。他猛然坐起，将浴室里的浴巾扯过来，裹在腰间。打开门，看见精瘦的男人手里举着一把钥匙，说："你落在门上了。年轻人，小心点。"他接过钥匙，关上门。

回过头，却看见一个人立在眼前。是那个女孩。

她还穿着晚上的白裙子，头发泛着潮气，披在肩头，在灯底下闪着光，仿佛幽黑的海藻。

于野的眼神硬了一下。他走进一步，将女孩揽在怀里。当他使力的时候，女孩挣扎，浴巾落了下来。

他用嘴捉她的唇，她偏开脸去。他箍紧了女孩的腰。女孩绵软在他臂弯里，像一匹纤弱轻薄的白色绸缎。这种感觉刺激了他。于野摸索着，要将裙子剥落下来。那裙子却滑腻得捉不住。他一使劲儿，索性将它撕裂了。

这裙子里，只有一具瓷白的身体。

这身体也是半透明的，颈项间、胸乳、肚脐，甚至私处都看得见隐隐的绿蓝色的血管，底下有清冷的液体在流动。

于野感觉这身体深处的凉意，在侵蚀自己火热的欲望。

他等不及了。他进入她，同时打了一个寒战，像被冰冷的织物包裹住了。这虚空感让于野在匆忙间没着落地抖动，无法停止。

他想起那女人的身体，不是这样的。

暑意退去的十月夜晚。那身体走进他的房间，将他胁裹。他感到的只有热，砥实的火一样的热。燃烧他、熔化他，将他由男孩锻炼成了男人。

那样的热他只经历过一次，却让他着魔。

他跪在那女人脚边，哀求她。他要她给他，就像她给他咸蛋超人一样。

女人抚摸自己膨胀起的腹部，摇头，然后轻轻捏他的脸，用激赏的口气说："孩子，好样的，一次就搞出了人命。比你老子强一百倍。"

他说他不明白。

女人冷笑："你造出了你爸的另一个继承人，他会抢去你的饭碗。"

他回忆着那女人给他的热。在诅咒中，又使了一下力，同时感受着身体冰冷下去。

女孩只是微笑地看着他。他猛醒，想抽身而退，却动弹不得，更深地嵌入进去。仓皇间，他咬紧牙关扇了她一巴掌，他看见明艳的血从她嘴角流出来。这时候，有冰凉的液体滴到他背上。他转过头，看见天花板上赤色的裂痕间，正充盈着红色的细流。汩汩地，在他头顶积聚成硕大的艳红的水滴。

第二天清晨，天亮得很早。

阳光照进来，落在年轻男人赤裸的身体上。他已经没有了声息，但是神情松弛，脸上还挂着笑意。

沙滩上很热闹，一些人七手八脚地拖动一条龙舟。龙舟神情喜乐，在海潮迭起的背景中，栩栩如生。而瓦砾堆旁边，也聚拢了一些人。遥遥地有一辆警车，开过来。

渐渐人头攒动。原来，半年前失踪的女孩，骨殖在瓦砾底下被发现，已经腐烂，难以辨别。

女孩白色绸缎衣服的碎片却十分完整，在阳光底下熠熠生辉。

正在搜集物证的女法医，突然惊叫。人们看见这面色羞红的年轻女人，颤抖着对警司说，她在尸体里发现了男子新鲜的体液。

圣彼得医院里，一个女人临产。女人在凌晨时突然阵痛，被从家里送过来。因为婴儿体型巨大，只好进行剖腹产。手术室外，是忧心如焚的中年男人。他心神不宁地给夜不归宿的儿子打电话。无人接听。

一个钟头过去，传来嘹亮的啼哭声。所有的人都松了一口气。

　　初生的女婴，在众人的注视下，突然间停止了哭泣。她打了一个悠长的呵欠，倏然睁开了眼睛。成人的眼睛，眼锋锐利，是一双凤目。

竹

奴

一

清明大雨。

谢瑛推了江一川从电梯里出来，正看见了那个女人，站在家门口。

电梯门在她身后，悄声合上。女人见了她，迎上来，轻轻问："是江教授家吗?"

她愣一下，点点头，也问："你是筠姐?"

女人笑一下，接过她的伞，说："中介跟我约了三点。我想你们也是被雨耽误了。"

谢瑛这才想起道歉，一边拿出钥匙开门。

女人也就帮她将轮椅推进来。她把江一川搀扶到沙发上，一回身，发现轮椅已经被女人折了起来，齐整地倚了墙根放着。

谢瑛心里就想：好一个爽利的人。

233

想完了，对女人说："先坐一坐。我倒杯水给你。"

女人坐下来，又欠一欠身，说："不用了，往后日子还长，这些活儿，理应我来做。"

谢瑛还是走进厨房，出来了。看女人正凝神望着窗外。雨又大了些，水迹都披挂下来。还有些光透了进来，她的样子就好像个剪影。齐耳的短头发，额也是饱满的。谢瑛想：这人年轻时，是很好看的。

女人回了神，才发现被打量，有些不好意思，说："南京的雨还是这么多。"

谢瑛叹了口气，说："是啊。还没进黄梅天，就下得没完了。今天去七子山看他爸妈，'哗啦'一声就下了，把香烛化宝简，全都浇灭了。"

说完又问："你不是本地人？"

女人正吹着杯子里的茶叶，看着热气氤氲开来。听到她问，就放下茶杯，说："我是安徽六安人。"

谢瑛喃喃地重复了一遍："六安。"

女人低下头："嗯，六安。别的没有，产的茶叶是很好的。六安瓜片，不比这里的龙井差，下次我带些来尝尝。"

谢瑛笑一笑，点点头，没有再说话。

女人便站起身来，说："我先走了。明天早上九点来。"

谢瑛起身要送，被她拦住。她一错眼，目光停在江一川的脸上。

江一川呆呆地坐在沙发上，没动静。

二

这几天，郑医生有些倦。

他总是对自己说："到底是年纪不饶人。前两年兴头头，是不觉得累的。"

连日的阴雨，诊所也并没有什么人光顾。

本是迈皋桥的一处民房，也老了。有了些湿霉气，渐渐积聚在墙上，便有了形状。像是个人，细看去，竟还是个女人。

郑医生叹一口气。在酒精灯上燃上一盘安息香。这气味厚，充盈开来，房间里似乎就没那么冷清了。

五年前他从主任医师的位子上退下来，离开了中医院，就开了这家诊所。来的多半是老客，不去挂中医院专家门诊的号，到这里来。也是习惯，望闻问切，哪怕只求他开一剂六味地黄丸，心里也是安的。他这里也舒服，冬天烧上一个木炭炉子，热得不燥。暑天里呢，"下元不足，心火独旺"，照老例熬上一锅绿豆汤，一钵金银花水。来往的病人，喝上一杯。出得门去，神清气爽。

前年没了老伴儿，就更把这里当了家。生意并不见好，倒是有些日渐寥落。他也不介意，这诊所叫"佑生堂"，自然并不希望病人络绎。不过实情是，现在人也忙了。小毛小病，都去看西医。时间省，见效快。来这儿的，主要为看疑难杂症。多是慕名，郑医生自然是很信得过的。然而，也有些病人是背水一战。这种多半已被西医判了死刑，来了先将成沓的现金摆在面前，然后和家属齐齐跪下。郑医生扶他们起来，让他们把钱收好。然后才一五一十地诊病。能看的留下，没的救治的，也只能狠了心送走。病人似乎也就此死了心，虽是戚戚然，却比来时平静了许多。

因为病人少，时间也就多了。打打棋谱，要不便是诵写医书。这天是《金匮要略》，正录到"奔豚气病脉证治"一章，院门外铃声响起。他停了笔，打开帘子，看一个女人站在院子里。

女人垂着眼，正看着矮墙旁的一株栀子。大概也是被连日雨水催的，没到五月，已经开出了数朵大花，掩在墨绿的叶子里，分外白。郑医生一半像是自言自语："今年倒是开得太早。"

女人仰起脸，对他一颔首，笑了，说："开得早，结实就早。等不到八月，就可以入药了。"

郑医生心里一动，便打量起女人。看不出岁数，头发花白，脸却匀净清明。没有老态，更没有病容。他终于问："您这是……"

女人合上伞，在花圃上抖了抖，说："来这里，自然是看病。"

声音干干脆脆。

236

"哦……哦。"郑医生应着,一边将她让进门里。

坐下来,女人安安静静地将屋里的陈设打量了一遍。郑医生才问:"您觉得哪里不好?"

又是爽脆的笑。女人说:"我好得很。我是想代人看。"

这么着,郑医生有些不高兴。心想别是遇到了荒唐的人。这年月不比从前,世风不同了,什么人都有的。

女人看到他皱起了眉,又一笑,说:"医生您别见怪,我说代人看,自然是该来的人不能来。我来这里,是信得过您。您也该信我不是?"

郑医生也就笑了,说:"人有病色五种,照不到面,看得准不准,怕是说不好。"

女人低头打开随身带的布包,掏出一只信封。一抖,是一沓照片。郑医生接过来。看照片上都是同一个年老的男人,坐在轮椅上,灰黑着脸。拍摄的角度不同,室内外都有。脸上却没有一丝活气。尤其是眼睛,瞳仁是凝滞的。有一张是靠着窗户的,男人戴着眼镜。阳光正照射在眼镜片上。他却不觉得光线刺眼,眼睛还是大睁着。

"这算照面了吗?"女人问。

郑医生问:"病历带来了?"

女人把病历放在他面前。病历是复印的。郑医生翻了翻,也就明白了。自己的判断是没有错的。阿尔茨海默病第三期,也就是所谓的老年痴呆症。这个病患情况是比较严重了。

郑医生合上病历，轻轻说："西医控制得不理想，是吗?"

女人点点头。

郑医生想一想，对她说："这病根治还是很难，在中西医都是一样。年纪大了，肾气衰弱。肾主精生髓，肾精不足，髓海必虚，脑海则失养；肾气不足，心失所养，血脉运行乏力，血瘀阻脑。"

"所以，您的意思是说，要想改善，还得在肾上下功夫?"女人轻轻跟了一句。

郑医生说："病位在脑，病本在肾，累及心、肝、脾。面色即证。要说疗治，补肾填髓是基本大法。"

女人咬了咬唇，问："怎么用药?"

"生地、熟地、山萸肉、枸杞子、菟丝子、茯苓、仙灵脾。随证加减治疗。兼脾虚湿浊不降者，加黄芪、石菖蒲、法半夏等；兼肝阳上亢者，加天麻、钩藤、牛膝。您先生体表灰质如侵，面色不华，是水火不交，加川连、肉桂、夜交藤。"

女人轻笑："照本宣科就不要了。我想要一剂食补的方子。"

郑医生沉吟了一下，拿出一张方笺，写罢给了女人。嘱说："核桃仁不必去衣。"

女人看过后，细心折好，略一躬身："医生，谢谢。我还会来的。"

及走到门口，又一转头说："他不是我的先生。"

三

江若燕偎在父亲身边，含笑看着他。嘴里哼着一支童谣，是小时候父亲时常唱给她听的，"蜻蜓落雁飞不飞，雨过天晴云低回"。

父亲是不认得她了，却似乎认得这歌。此刻他是很安静的，脸上也是平和的表情，也任由手放在她手心里。舌头时不时伸出来，舔一下嘴唇，然后合上，发出牙齿磕碰的声音。

谢瑛心里有些痛，为两个人。这一父一女，现在是她最想操心却操不上心的人。

她怎么也想不到，老伴儿会变成这个样子。六年前，还是威风八面。一院之长，学科带头人。说话做事都是雷厉风行，让人心服口服。就因为那一股子精气神，她做学生的时候，看着讲台上的他，就给自己定下了将来。

她并不是个很有主张的人，这是她人生最大的主张。当时经人介绍，她正和轧钢厂一个高级技工恋爱，像他们资产阶级家庭出身的孩子，这样的交往算是造化了。可她却为自己做了一回主张。任人指指点点的日子过去了，总觉得幸福是自己的。

第一次把钥匙落在了门上，江一川还自嘲一句，英雄暮年。可现在是连自家钥匙都认不得了。

她走过去，抚摸一下男人银白脆弱的头发。老伴儿漠然地看她，像看着一件物体。他被抚摸得有些不耐烦了，扭转过头去。

女儿站起身来，揉了揉酸胀的膝盖，望着她，张了下嘴，欲言又止。她叹一口气："唉，说吧。"

若燕的声音，轻得只有自己听得见："妈，他还是想接多多去香港。说是那里的条件，对小孩子的成长好。"

谢瑛说："他是想什么都不给你剩下了，是吗？"

若燕低下头，嗫嚅着声音："他也有他的难处。"

谢瑛将手里的茶杯往茶几上一顿，使的劲儿太大，洒在了茶几上。她按了按自己的太阳穴，说："谁没有个难处啊？"

她也知道女儿心里苦得很。这苦头却吃在一个"善"字上。

为什么爷俩的性情这么不一样呢？江一川是个处处以进为守的人。若燕可好，事事以退为进，但求一时心安，到头来害了自己。当时女婿林惟中要出国，若燕正怀着孩子。谢瑛是坚决不同意，说："怎么着也得等孩子生下来。"若燕却放了他走，说："你去吧，来得及孩子学说话叫上爸爸就行。"孩子生下了，林惟中却没回来。说给若燕办了陪读，让她带孩子过来。临了要走，科研组的小魏却被查出了脑癌。请不到人，项

240

目就要停下来。领导找了若燕谈话，请她多留一年。就在这一年里，林惟中移情别恋，给若燕寄来了离婚协议。若燕想了一晚上，签了，说："你过你的好日子，把孩子留给我就成。"

和那个香港女人结婚三年，林惟中没有一子半女，这才想到要多多了。

谢瑛说："女儿，你就不能长点脾气吗？人不能有傲气，可是傲骨总是要有的。"

江一川转过头，鼓起嘴巴，用唾液吹起一个透明的大泡。啪，泡破裂了。

若燕说："可是，他毕竟是孩子的爸爸。他也想多多。"

谢瑛"呼啦"一下站起身，狠狠地说："好，他是孩子的爸爸，那你问他，生多多的时候他在哪里？他尽过做父亲的责任吗？他和那个女人鬼混的时候，想过你们娘俩吗？"

若燕呆呆地站着，眼睛却是一红。

"若燕……"厨房里有人长长地喊，"阿姨腾不出手来了，快来帮忙端一下锅。"

若燕愣了愣，转身跑进厨房里去了。一只手轻轻抚上了她的背。那手绵软而温暖，却令若燕心头一抖，泪汹涌地流了下来。

那只手用力了一些，将她的头揽过来，放在自己的肩上。

若燕只有呢喃的气力："筠姨。"

哭够了，抬起头，若燕看到的是张微笑的脸："快别哭了，多大的姑娘了。啊？"

若燕也笑了。同时心里也惊奇，她唯独会在这女人面前孩子似的哭。家里走马灯似的换过许多阿姨，现在已是面目模糊。多多是个怕生的孩子，见筠姨第一面，却伸出手去要她抱。说不上为什么，就是亲。

谢瑛仰在沙发上，手指揉着太阳穴。面前搁了一碗冰糖白木耳。听到有人轻轻说："不能动气，血压又该上去了。"

谢瑛拍一拍身边的沙发，女人坐下来。她叹一口气："谁不想活个容易。你以为我想吗？这一老一小，哪个让我省心啊。"

女人说："家家有本难念的经。好在一家团圆，办法都是可以想的。"

谢瑛听着这柔软的声音，心里也有些静了。

她说："筠姐，怎么就没见你心里不合适过呢？按理我不是个没气量的人，可遇到事情还是慌，还是乱，还是没主张啊。"

女人又笑了。她说："你又能看见我心里吗？常食五谷，苦处各不同罢了。"

谢瑛一垂头，说："也是。其实，你来半年了，都没见你说过家里的事。我总觉得，你不像是做保姆的。哪里不像，又

242

说不清爽。可你又做得那么好，比那些人可强多了。"

女人说："布有千色，人有百种。哪有做什么都写在脸上的？再说了，干保姆也不丢份儿不是？都是凭力气和能耐吃饭的。"

谢瑛就有些愧色，说："你看我说的糊涂话。"

女人就乐了，说："你们读过书的人，总有些小糊涂。大聪明却是我们比不上的。就好比走路，快慢不说，你们总是选对了路。我们每步走得结结实实，一回头，却弯到了十八里坡去了。"

谢瑛也乐了，心里也熨帖了些。一抬头，却已经看到女人端了一只砂煲出来。她宁静得很，却是个闲不住的人。

盛出一碗来，是核桃芝麻莲子粥。这是给老头子喝的。女人弄来的中医食补方子。江一川这么多年，都是靠西医撑着，激素不知用了多少，占诺美林用量一直在提。想到这里，谢瑛又叹了口气。

女人舀了一勺，江一川张开了嘴，牙齿却紧合着。女人也张开了嘴巴，说："啊——"

江一川嘴巴张开了，张得很大。一勺粥送进去，一些顺着嘴角流出来。女人却微笑着，又一次张大了嘴巴。

谢瑛看着这一幕，却觉出了自己对这女人的依赖，同时有一些感动：这女人，半年把全家人都变成孩子了。

四

陆望河远远就看见了女人的身影。

这个年纪的人，走路很少有这样挺拔的姿态。何况手里还拎着许多东西，显见是刚刚从附近的超市里出来。

他嘱咐司机将车慢慢开过去。将车窗摇下来。

女人已经看见车窗上有熟悉的平安结，那是她亲手织的。不过还是不动声色，安静地往前走。

陆望河终于忍不住，轻轻叫一声："妈。"

她这才回过头，应道："哎。"眼睛含笑地看着陆望河。

陆望河打开门，下了车，从女人手里接过大袋小袋。

女人不依，挡了一下说："不要你送。前面就是7路车，走几步就到了。"

陆望河抢过东西，搁在后尾厢里，很绅士地打开车门，做了一个"请"的姿势。女人叹口气，随他上了车，嘴里说："送到小区门口就行了，嗯？"

陆望河也夸张地叹一口气，说："遵命。"

司机老郁开动了车子，一面笑道："陆家妈妈，你有我们陆总这个儿子，真正是福气……"

陆望河却没有让他说完，接过话头去："妈，怎么跑了这么大老远来买东西？"

女人掏出一张广告单，说："星期三这里的'易初莲花'做活动。黑鱼比城北每斤便宜两块五。千层糕买二送一。还有，教授家的不粘锅坏了，终于被我找到这儿在做优惠。德国的牌子，打了五折呢。"

陆望河就笑："妈妈，你都知道他们是教授家，还会在意这几个钱吗？"

女人就正色道："钱对谁都是一样。教授家的一块钱，也不能当五毛用。过生活都是细水长流的事，小来大去，还是马虎不得的。"

陆望河就做了投降的样子，说："好好好，您老人家越来越像个哲学家了。"

女人眉目就舒展开，说："油腔滑调。你怎么跑到这里来了？"

陆望河便答："中午和一个客户吃饭。"

女人沉吟了一下，说："望河，上次妈和你说的事怎么样了？过年回去，镇长可是问了又问的。镇长对咱们家有恩，要是能帮上的，我们做人可不能忘本。"

陆望河就笑："你猜我今天见的客户是谁？"

女人想一想："莫不是镇长？"

陆望河哈哈乐了，说："要不说我母亲大人冰雪聪明呢。"

女人说："合作的事有眉目了？"

陆望河说："岂止有眉目。合同都已经签了。"

女人就双手合十，说："这下好了，让南京人都能喝上咱六安的茶。"

陆望河又笑，说："又不止是茶叶。妈您记得我说过，年初时候收购了六合一家保健品厂，刚刚就为谈这件事。我们准备搞一个项目。您知道吗？茶里有种稀罕的物质，叫茶多酚，这可是个好东西。抗衰老、降血压血糖，还能抑制癌细胞。"

"茶多酚。"女人重复了一下，又皱一皱眉头，"开个茶厂不是挺好？这东西，能好卖吗？"

陆望河说："您还别小看，日本核泄漏的时候，茶多酚类的食品，在市场上已经脱销了。因为这物质，还能抗辐射。有千叶大学的调研报告，可比盐什么的靠谱多了。"

女人就有些脸红，想起自己也跟在别人后面抢买过几包盐。

"今天和镇长一起，见了生化所的田教授。一起商量到时候合作开发一个系列产品，营养品、饮料，将来兴许还有化妆品。下半年项目上马，咱们六安的瓜片，就要派大用场了。妈，您可是功臣。田教授还带了个研究助理来，比我年纪还轻，已经是个博士了。现在的女孩子，可真了不得。"

女人听到这里，心里倒一动，问："望河，这女子人怎么样？"

陆望河愣一下，笑说："妈，人家可是博士，看得上您儿子？"

女人扁一扁嘴，说："我儿子怎么样？这么能耐，什么人配不上？"

这时候，车开进了小区的大门。女人着急地请司机停下来。

陆望河就说："妈，怎么就不能开进去呢？"

女人下了车来，又回转身，正遇上望河的眼睛。

三十多岁的人了，可还是孩子的脸，一派天真的样子。她亲昵地拧了拧儿子的耳朵。阳光底下，儿子贝壳一样的耳轮有些透明。她心里颤一下，想起另一个男人，也有这样贝壳形状的耳轮。她阻止自己想下去，只是说："我儿子是有出息的人，知道有这么个儿子，谁家还敢安心请我做保姆？"

陆望河笑一笑，说："妈，您可是答应过我的。"

女人沉默一下，点点头："嗯，儿子，妈应承你，做完这一家，以后就不做了。"

五

谢瑛看见女人从一辆奔驰车上下来，后面跟着一个穿西装的年轻人。

这年轻人脸孔的轮廓，让她觉得十分眼熟，却又想不起在哪里见过。

女人回身挡了一下年轻人，没再让他跟着。

奔驰车远远地开走了。

女人站定了，才拎起大包小包，走过来。

在楼道，见了谢瑛，愣一下，却说："瞧我，饭还没烧上呢。"

两个人走到电梯口，谢瑛淡淡地问："筠姐，刚才那个小伙子是谁啊？和你挺亲热的。"

女人沉默一下，微笑说："以前主人家的孩子，路上碰见，拿的东西多，就捎带我一脚。孩子挺出息的，自己开公司了。"

女人回到家里，又是马不停蹄地忙。饭烧上了，又紧赶着收衣服、浇花、拿晚报，收拾多多玩了一地的拼图。忙是忙，却丝毫没有乱的意思。你并不觉得她在你的视线里，一回头，事情已经妥妥帖帖地做好了。做好了，便又开始忙下一件事，没有闲下来的时候。安安静静的。

谢瑛想：作为一个保姆，这女人似乎太完美了。

这家里，因为有了这么个人，什么都不一样了。她给了这家里一种新的秩序。有些东西，只有她知道放在哪里。你动过，随手放在别的地方，她会不动声色地放回去。她赋予很多东西一种你所不熟悉的规矩，但你接受起来，却没有勉强，好像那本来就是合理的。这合理，来自一种心甘情愿。

活干完了，她依然是端出一煲汤，盛出来，一口口地喂给江一川。这一回是天麻炖猪脑，隐隐有一种腥涩的味道，在空气中漾散开来。谢瑛闻着觉得有些作呕，却见江一川在鼓励下，一口口地吃下去，汤汁不再从嘴边流出来。他似乎很努力地咀嚼，像个想要证明自己的孩子。他依然没有声音，但谢瑛却感觉到，他的眼睛里出现了一种活气，使得他的整个面部都生动起来了。

晚上收拾完了。谢瑛在灯底下摇着扇子。说："筠姐，过两天，要请人来给空调加加雪种。今年，怕是又要热得不像话。南京什么都在变，'大火炉'的头衔倒没拿下来过。其实我是不好多吹空调的，吹多了就偏头痛。"

女人听了，站起身来，嘴里说："差点儿忘了……"

回来的时候，怀里抱着两个圆滚滚的东西，递给谢瑛一个，另一个放在江一川的膝盖上。

谢瑛见这东西，模样十分奇特。用青竹篾编成的长笼，因为是中空的，留着许多孔洞。抱在手里，好像有凉气从网眼儿里渗透出来。

她便十分好奇，问是什么。

女人便说："这是'竹夫人'。在我们老家里，叫青奴，早就看不到了。今天在超市，却见有在卖。好大的广告噱头，说什么'天然空调，环保家居必备'，我就买了两个。"

谢瑛看上面还别着标签，便念出来："竹夫人，消夏良伴……竹夫人，竹夫人。"念着念着，似有所悟，想起《红楼梦》里宝钗出的一则灯谜，谜底正是这东西，就脱口而出："梧桐叶落分离别，恩爱夫妻不到冬。"

她正得意自己的记忆，突然觉出句里意味的不舒畅，说："现在的这些生意人，什么都要复古，唯独人心不古，有什么用？"就将这竹笼搁到一边去。

一抬头，却见江一川眼睛紧合着，将这竹夫人实实地抱在怀里。

六

秋凉的时候，郑医生最后一次见到这女人。

女人静静坐着，对着面前一杯茶，看着杯中纷繁的白色花瓣，在滚水里膨胀、舒展开来，好像又盛放了一次。

女人便问："是院子里的大白菊吧？"

郑医生袖着手，点一点头说："好东西，清肝明目，健脾和胃。"

女人细细地吹，然后轻轻嘬一口，笑说："该早些喝，我这辈子，就是有些事情没看清爽。"

女人拿出一沓纸，说："医生，您开给我的食疗方子，我抄了一遍，您帮我看看，可有错漏的？"

纸上的字很工整细密，谈不上娟秀，笔画间的用力，甚至有些须眉气。

方子是分毫不差的，然而却又在细节处加了很多解释。比如，松子仁米粥，急火三分钟，文火半个小时。后面括号里注着，若是电热煲，二十分钟足够。米不要用泰糯，要用国产的珍珠糯。"山药羊肉羹"，首选东山黑皮羊，不至于太过油腻。要陈年的花雕，才会起羹。又有一道"泥鳅炖豆腐"，方子后面写下了一个手机号码，136……，老王。问起来，原来是个卖水产的老板，大概只有他家的泥鳅最肥大新鲜。

郑医生铺开纸，为她写下最后一个方子。他知道她不会再来了。

七

女人坐在灯影底下，打开一个笔记本。

这红色的塑料皮笔记本，已经很陈旧了。封面上是个洒金的"忠"字，也已经有些褪色。

打开了，里面有一张照片。上面是个穿着白衬衫的青年。青年的模样清俊，如炬的目光也没有因为岁月暗淡下来。

照片的背面，写着"广阔天地，大有可为"。她问过他，什么是"广阔天地"。他对她温柔地一笑，说在这里，社会主义中国的农村，就是他的广阔天地。他离不开这天地，就好像不会离开她。

她抚摸一下这张照片。这青年，有着贝壳一样的耳轮，在阳光底下，就是半透明的红色。她忆起在炽热的麦秸地里，她将自己熔进他的身体。烈日的光线，穿透他的耳轮，几乎可以看见那错综的血管。

"广阔天地，大有可为。"

他离开这天地，是在三年后。那一年中央有了政策，知识青年有了返城的希望。她对他说："你走吧。你的广阔天地，不在这里。"

恢复高考，乡里有十几个青年报了名，唯独他考上了。

他临走的时候，她给了他一个布兜，让他放在贴身的口袋里，里面是新采的六安瓜片。茶用她的体温焙干了。她说："走吧。这茶喝完了，你就好忘记我了。"

他哭着说，要回来接她。她一笑，说："好，我等着。"

他并没有再回来。她知道的。

他走后半年，她早产，生下个儿子。这儿子瘦小，一对耳朵却大而厚，也有贝壳一样的耳轮。

她在人们的指指点点中，把这孩子养到两岁。她爹叹口气，说："嫁了吧。你得有个男人。两岁了，拖油瓶也拖累不到旁人了。"

村里人就帮着张罗，嫁给了邻村姓陆的鳏夫。老鳏夫人不坏，忠厚，能劳能动，就是太喜欢做男女那点事。自己又不行，就气得打她。打急了，就又打她儿子，往死里打。她就举起把剪刀，说打她她能忍，再打这小子，她就跟他拼命。

五年后，老鳏夫中了风。人不行了，叫她到床跟前，说："我亏欠了你们娘俩。这小子人精灵，攒下来的钱，留着供他读书。我只要一副薄棺材就够了。"

她厚葬了男人，却记得他的话，要供这个孩子读书。她便生活得更辛苦些。

这孩子果然是出息的。书读得不费力，小学到中学，都是第一名，顺当当地考上县中。镇上办茶叶厂了，她便央了人，寻到了一个工作。只图离儿子近些，好照顾。

又过去了几年，儿子高考填了志愿，填了南京的大学。听到"南京"两个字，她心里一咯噔，然后问："儿子，能考上吗？"

儿子点点头，她就没再说什么。

儿子果然考上了，她帮儿子整理行李。看着录取通知书上有一个镶了五角星的钟楼。她想起另一个人，跟她说过这幢钟楼，说这大学是他的理想。这是二十年前的事了。

她流泪的当口，镇长来了。镇长说："阿筠，咱镇上出了望河这个高考状元，我是给你道喜来啦。"

她不说话。镇长知道她的心思，就说："我在无为有个亲戚，现在在南京城里，开了一个家政公司，要不你去她那里吧。我给你写封信。只是，城里人娇贵，保姆的活儿，怕是要受点委屈啊。"

她说："我做。"

这一做，便是十年。

她第一次在报纸上看到"江一川"这个名字，人几乎要窒息了。

她让自己平静下来，认认真真地看这报道上的每一个字。这个男人，现在是省里建筑设计院的院长，十一项发明专利的拥有者。报道上说，那新街口最高的楼，就是他设计的。这楼得了国外的大奖，楼顶的弧线，据说灵感来自一片茶叶。

报纸配了照片，没错，模样没怎么变，老了些，目光也有些懈了。但还是有股精气神儿，是他。

这以后，她成了个留心看报的人。主人家都有些惊奇，因为她并不怠惰，但每天的报纸，都要一版一版细细地翻过。

她于是知道，男人是这城市里很知名的人物，享受国家级津贴的专家，省人大代表。

同时，是一个好父亲和丈夫。电视里为他做过一次专访。她看到他的妻子和女儿。妻子温婉，气度不凡，是真正配得上他的。

她先是笑了。夜里却哭醒，醒来还是笑。

对他的关注，成了她心底隐秘的幸福。这让她上了瘾。

她从未想过要打扰他。

只有这么一次。望河大学毕业，要创业，没有启动资金。愁肠百转。她一瞬间想到了他。是的，这也是他的儿子。

但这念头又在一瞬间就被她的愧意压制住了。她拿出所有的积蓄，对望河说："儿子，没有什么是过不去的，我们娘俩这一路，靠过谁？"

儿子点点头，懂了她。

儿子出息，几年工夫，公司大了。

儿子无数次地不要她做下去，说她该过上好日子了。她急了，她说："你整天保姆保姆挂在嘴边上。没有你做保姆的娘，谁供养你读书、生活？"

儿子委屈，看看她，却也没有再说话。

是的，她的性情，是没有那样好了。

他突然从她的生活里消失了。报纸上，电视里，都再没有了。

彻底地消失了。

她算了一下，他也该到了退休的年纪。退下来了，在这世界里也退下来了。

直到有一天，她在家政公司看见了谢瑛。这教授夫人的样子十分憔悴，已没有了神采。

旁边另一个保姆对她说："又来换。这女的挑得不得了。老公得了老年痴呆症，还挑肥拣瘦。换来换去，谁在她家里都做不长。"

她心里一动。

她对望河说，儿子，我做完这一家，就再也不做了。

她终于出现在他的生活里。

这出现，晚了三十二年。

现在，却已接近了尾声。

她擦一擦眼角，又翻了一遍这些年搜集的报纸，然后叠成一沓，放进行李包里。食疗的方子分成春夏秋冬四类，用回形针别好，压在台灯下面。

透过门缝，她看得见他的剪影，依然坐在阳台的落地窗前，怀里抱着那个长长的竹笼。已经是深秋，他还是紧紧地抱着，一刻也不愿放下。

写于曹禺先生诞辰一百周年

后记
刹那记

　　若干年前，读横沟正史的《狱门岛》，真正体会到何谓衣锦夜行。时代荒芜，徒留夏草。人在迷雾之中，由屏风上的俳句指引，步向结局。俳句之境，如陌路繁花，字字玄机，雅趣里全是罪恶昭彰。是故，罪非常，美亦并举。那个叫作金田一耕助的侦探令人同情。洞悉之后，仍无力阻挡，是一场惘然。

　　悬疑小说真正吸引我的，与其说是逻辑的力量，不如说是"造境"之趣。造人境，也造心境。人的焦灼、爱欲、卑劣与坚持，都在信任的危机之下，经受砥砺，而后蠢蠢欲动。

　　以《象棋少年》（Acerca de Roderer）闻名的马丁内斯（Guillermo Martinez），钟情于毁坏智慧的故事。《牛津迷案》（Crimenes Imperceptibles）出版，人们发现他成为一个以推理小说立世的作家，并不感到特别惊讶。与传统推理不同之处，在于马丁内斯的作品氤氲着一种强烈的等待感。所谓真相，永远是表演失之交臂的道具。真相的本身变得虚无，一次次与过程擦肩而过，最后筋疲力尽，它却终于浮出水面。

258

悬而未决，跃如也。与其说关心的是推理的过程，毋宁说是关心过程后的抵达。抵达的是真相，更是在漫长的绝望与欲望后，真相大白时的软弱。

人性是十分脆弱的东西。非常情境下，薄弱愈甚。日本作家擅以悬疑写人心苦厄与围困。在一桩罪案中，东野圭吾写呵护，吉田修一写孤独，松本清张写日常。

本格的步步为营，变格的恣肆诡谲，不外如是。

好看的是生活。劳伦斯·布洛克（Lawrence Block）笔下，那个叫柏尼·罗登拔的中年小偷兼二手书店老板，雅趣似盗亦有道，他用夜间工作的收入接手了格林尼治的小书店。这个身份被他用来追逐女人，享受阳光与性爱。他有他的商业规约，不收图书馆来历不明的藏书，比孔乙己更有原则。

欣赏过一类角色，有过人的智商和固执。于是我在《朱雀》里写了一个叫作泰勒的美国男人。他的本职身份是官办科研机构的外聘专家，是个中国通，懂得"凡有井水饮处，皆能歌柳词"；性的启蒙来自木刻版的《金瓶梅》；听女主人公唱《月满西楼》也会心底潸然。然而，在一次意外中，他的间谍身份水落石出：

他自行设计了七个原始密电码，分别对应于中古五音与两个变音，按五度相生率编成密码集，同时也是曲谱。泰勒送出的谍报向来是曲词并茂，平仄之间，尽见机心。一曲被截获的《菩萨蛮》暴露了玄机。嘈嘈切切的古筝曲里，破译软件画出了令人匪夷所思的曲线图。曲线图里，每个音高的曲率，词中每字的笔画，隐藏着一套严谨的公式。一年多的时间里，泰勒送出了五十七首这样的曲词。

对于一个间谍来说，如此炫技，其中风致为自己制造了陷阱。他在智力的优势上盘桓太久，最终成败于萧何。他的执着如同对女主角的爱，带着"作"的性质，却有一丝颠顶，属于生活本身，是可爱的。

在《问米》这本书里，不再有泰勒，是一些我们身边的人，平凡甚至平庸。他们平淡地生活着，却在不经意间被人事所卷裹。他们试图挣脱，却发现生活原力之强大，将他们抛入了未知的旋涡。自认聪明的，以破釜沉舟的信念，步入迷障。更多的人则在观望，终于亦步亦趋。

当事者，不可言说；旁观者，抱憾无言。

他们是一些藏在岁月裂隙中的人，各有一段过往，仍与现实胶着，因寄盼，或因救赎。他们的人生是一局棋，操控者与棋子皆是自身。在投入与抽离间盘桓游刃的，是心智优越者。久了，亦不免沉溺于生活。长考之后，一着不慎，仍是满盘皆输。更为谨慎的，有遗世独立的姿态，眼观六路，但越走路越窄，人也渐孤独，终行至水穷处。

无挂碍故，无有恐怖。

面前是一片浩浩汤汤，自时代的跌宕，自历史深处的幽暗，或自个人的痛快与无涯苍茫。

彼岸处，刹那间似有一两点星火，不明亮，但足够暖。

如此，这些文字，在悬疑的外壳下，表达的，也许仍是那一点儿人之常情。先是带着体温，或陪伴读者，感受着那体温的冻却，由晨至昏，渐至冰冷。

丁酉年冬，香港